Going 婆あ Way

ゴーイング ばばぁウェイ

昭和を生きた女たち

門野 晴子

静岡新聞社

Going《ゴーイング》 婆《ばば》あ way《ウェイ》

——昭和を生きた女たち

門野晴子

目次

Part4　踊る阿呆に観る阿呆

Part5 生きることは闘うこと

Part6 昭和の女たちが支えた地域活動

Part8　確かな未来へ・闘い続けて

プロローグ　人生のしまいかた

「この長い老後、何をやって過ごしていけばいいのかなあ」

趣味に市民運動に忙しく動き回る旧友と、久しぶりに渋谷で向き合った早春の昼下がり。そのS子は私と同い年の80歳だが、話がはずんで昔の面影が浮き出るほどに、〝年輪〟がウソのように消えていく。

活動的なS子が近況報告にひと息つくと、冒頭の言葉をポツンと吐いた。

「ブルータス、おまえもか。寂しいの？」と私が聞く。

「ううん、公私ともに多忙よ」

「でも、何か足りない」

「うん、それよ」

「このまま終わっていいんだろうか」

「それ、それ、これじゃあ幕が下ろせない」

更年期のころはブルーな日が続くと、「恋愛でもしたら元気が出るんじゃない？　ワハハ」で終わっていた女友だち。だが、人生100年と聞いて驚かないチョー高齢社会で、天下晴れて丸ごと自由なんて時代を浮かれていても、いつタイムリミットが来るのか分からない不安が胸の隅っこで蠢いている。

人によって不安の優先順位は異なるだろうが、オカネの不安、健康の不安など日常的な問題から、あり余る時間があるようで実はリミットがある人生のしまいかたまで、何をどうやって過ごしていけば悔いのないゴールに辿り着けるか、多くのシニアがふと怖くなるときがあるのでは？

自分のための有終の美、自分に対する責任の取りかたと言うべきか。少なくともわが子、わが孫に何を伝えてこの世を去るのかと己に問うたとき、この国で私たちが戦前・戦後の昭和という時代で何を体験し、どう生きたか。歴史の教科書でなく、ナマミの庶民の女が心に刻んだ1世紀近い喜怒哀楽を、ただ昔語りでなく、過去が現在にどう影を落とし、未来を生きる愛する者たちへ希望をバトンタッチできるのか。この模糊とした時代に先に逝く者として希望を示す責任が問われている。

だから落ち着いて長い老後の時間をしっかりかけて、それぞれの昭和を生きた女たちの（そして男たちの）来しかた行く末を、総括することを始めたい。そして皆さんにもお勧めしたい。華々しく長寿をうたう有名人とは違って、平凡な庶民の普遍的な中身こそが歴史の証言としての重みを持つからだ。

私ごとは価値のないこととして「個の文化」が無視されてきた日本。中でも女の言動は恥多きものとして圧殺されてきたが、近年はネットやホームページなどで書くことを気楽に楽しむ時代になった。だからこそ言葉には責任を持つ社会性がほしいと願う。

S子は人生を終《しま》う目的を抱き、渋谷の雑踏の中に消えて行った。イヤなものはイヤと言い続け、闘い続けた女の背中は、シャンと伸びて美しい。まさに「Ｇｏｉｎｇ 婆あ ｗａｙ」である。

といっても拙著のことだから、肩いからせたカタい内容ではない。マジメではあるけれど。

私が熱海の施設《ケアハウス》に越してきて3年半になる。施設の職員を除けば、当たり前のことだが年寄りばかり。バーサンズとジーサンズが私の住む館だけで常住者が約80名、その他たまに来る人も入れると１００名以上の共同生活所だ。

私の友人たちは関東各地のケアハウスに入所した人、高級マンションや戸建てで頑張る人も、老いてシングルライフになった女が多い。彼女らとの電話や手紙でシニア生活の情報交換ができるのがありがたい。

ケアハウスとひと口に言っても、公営、私営の違いも含めてピンキリだと知ったが、生活レベルは多少の違いはあっても、居住者の意識やそこに起こりうる問題はほぼ同じようだ。ただそれらを居住者で解決したところと、できずに不満をためる施設の違いはあるが。

さて、本書のひとつの狙いは、私の施設と友人らの施設情報を基に、年寄りのいる光景やシニア百態の面白さを描き出すことだ。老親の介護に長年携わりながら老いは人ごとでしかなかった私が、今回は押しも押されもせぬ主体としての老人である。

彼らのパワー、面白さ、したたかさ、ズルさ、優しさなどの光景は、年寄りの息づくところどこにでもある普遍的ドラマだ。ただ、狙うは老いの面白さだが、施設に起こりうる困った問題も提起してみた。閉ざされた空間に外部の視座を入れ、よりよい居場所を願うためだ。

ふたつめの狙いは、昭和という時代の特に子どものころに何があったか、わが子・孫をはじめ若い世代に初めて書き残すことである。昭和の人の子ども時代は太平洋戦争と切り離せないため、楽しい追憶ではない。だが、私は100歳まで生きるつもりでいても、明日死ぬか5年先に死ぬか分からないため、〝おばあちゃんのつぶやき〟を記したくなった。

みっつめの狙いは、日本の教育がどういう大人たちを作ってきたかを考えること。政治の閉塞状態と相まって日本列島は保守一色になってしまったように思う。中でもレトロな温泉街の熱海となると、ラリ色（ラディカル色とリベラル色）抜きの博物館のようで、それはそれで落ち着いたいい街と思えなくもない。が、年寄りからしぼれるだけしぼり取って勝手にやっていけと突き放され（これは日本全国どこもだけれど）、抗議デモに参加するにも霞が関まで行かないとダメという現実に、社会から切り捨てられたような感が募る。

そこで政治的な活動を続けている私の前住地、東京・練馬区の生活協同組合のことや、高円寺の友が息子を学校事故で殺されて、裁判で息子と家族の尊厳を勝ち取った闘いなど幾つかの出来事を取り上げ、この国が失いつつある民主主義の香りを捜し歩いた。

反権力の市民の闘いの中でふつうの主婦たちが行動し、成長し、そして老いた。こどもや女性問題に携わり、NPOなどで活躍するシニアたちも含め、頼もしい婆たちの人間模様は「ラリ色」たっぷりだ。言うなれば温故知新で元気をふり絞り、せっかくのタナボタ長寿をワクワクできるフィナーレに向かって、残り時間を世界の女たちともシスターフッドでつながる「Ｇｏｉｎｇ　婆あ　ｗａｙ」を歩んでいきたい。

私にその発想と勇気をくれたのは、熱海市生涯学習課の「エッセー教室」で出会った山下洋子さんと古谷光永さんだ。エッセー教室に30人近い野次馬男女が来て、私のフェミニズム論に驚いたか潮の引くように去った後、このふたりだけが私に食いついて離れない。

フェミニストでも市民運動家でもないが、冒頭のＳ子と同じ理由で自分と向き合う女友だち。せっかくだから本書の一部に参加してもらった。さて、熱海に「女の文化」が位置づくか、楽しみなことではある。

プロローグ　人生のしまいかた

Part1　それぞれの終着駅・ケアハウス

熱海に生えた細い根っこ

歳を重ねてやりきれないのは大切な友人を失うことだ。引っ越しなどの別れならば恋しくなれば電話で声を聞けるるし、たまには会って旧交を温めることもできる。

「どう、元気でやってる？」

「ただ息をしてるだけよ」

冗談とも本気ともつかぬじゃれ合いで、萎縮していた手足が心が伸びる。そういう親しい友が――私より若い人たちも――ある日突然この世からいなくなる。病気だと言われてお見舞いに行くと、乳ガンだの肺ガンだのと絶句する病名を告げられても、いつものようにさえずり合う元気さに安心していたのに。

老親の死は順繰りだと許容できたが、親友の死は衝撃が大きい。丈夫だけが取り柄のノーテンキ婆あの私にも、死が日常の問題として意識の一端を占めるようになった。

子どもたちが巣立ってから始めた東京・練馬でのマンション独り暮らしは、憧れのスタイルだったが住人のほとんどが中年夫婦で共働きに出てしまう。5階最上階で昼も夜もたった独りで執筆する生活は、面白くもないし危険だった。

結局ペントハウスを売り払い、安全で安価で身近に人がいて適当に仕事があって退屈しない死に場所を求めた。まあ贅沢は言わないで、どのへんで手を打つかの問題だ。

前作『どうして年寄りはカモられる？』（静岡新聞社）と重複するので途中経過はすっとばすが、いつの間にか熱海の山の上で温泉につかっていた。民間企業が全国展開しているケアハウスという老人ホームが、伊豆山のほうまで点在しているらしい。

私が入所した館は築40年で減価償却が終わっているため、私でも購入できた価格だが、新築のケアつきマンションなどはかなりの金額で手厚いサービスとか。地獄の沙汰もカネ次第が露骨にパンフレットに躍る現実も、私には少しも羨ましくないこの身体頑健は、老いの一大財産かも。

さて、「適当に仕事があって退屈しない」環境は自分で創らなければならない。私は従来の延長で発達障がいと老人問題の二足の草鞋で書き話す仕事を続けたかった。書き話すことはすばらしい認知症予防だから。

だが、老後の転地では友人・知人・コネがなく、話の持っていきようがない。私も全盛のころは北海道から屋久島まで講演に駆け回ると、ありがたいオッカケグループがいるところもあって、主催者とは別に便宜をはかっていただいたりした。

そういえば当時も静岡県からはどこからもお声がかからず、ファンレターの1通ももらったことがなかったことを思う。

「どうしてだろう。私の知らない国に来てしまった感じがする」

旧友のM子に電話でボヤく。

「何を怖じ気づいてんのよ。奈良県に越したときもそうだったでしょう」

「そうだった。いや、ここにも半年前までは小田原にステキな女性だいたのよ」

「小田原は神奈川県よ」

「……」

ステキな女《ひと》のファンレターから始まった言葉が躍るやりとり。会って話すとますます魅力的な学生運動世代のニューシニアだったが、美にも知にも恵まれた彼女は、熱海転居の私と入れ替わるように乳ガンで逝ってしまったのだ。

突破口が見えないままに熱海市役所の社会福祉課や障害福祉室、それに生涯学習課など私の関連窓口に、拙著『発達障がい』3部作を名刺代わりに贈呈して、発達障がい親の会や老人会などを教えてくださいと懇願した。

若いのも中年も男の役人らは困った顔をして言う。

「個人情報に関するものは一切教えられません。それに熱海には発達障がい児と親はいないんですよ。いても1人か2人でしょう」

相談する人も場所もなくて、子どもを抱えてカミングアウトもできない母親が目に浮かぶ。早期発見・早期療育が鍵なのに。

ついに市長に直訴したが、話を聞いてくれただけ。最近（2017年9月）の県内自治体（浜松）の発達障がい児支援の動きを報じたニュースを、関係者はどう受け止めたのだろう。

約2年間〝営業活動〟して熱海を諦め、一昨年から始まった静岡市のカルチャーセンター・SBS学苑の『エッセーを書きませんか』講座に集中した。

同じような企画書を熱海の生涯学習課に出しておいたら、昨年になって担当の女性役人が「エッセー教室、お待たせしました」と電話をくれた。ヤレヤレと笑うしかない。「年寄りは用済み」だと社会から宣告されたような2年間だった。

かくして熱海デビュー。エッセー講座の初日を終えて最後に会場を出ると、受講生の山下洋子さんと古谷光永さんが待っていた。「門野さんと話がしたい」と。ピンと来た。いた！　やっといた。熱海でできた最初の「おんな友だち」だった。

昭和の女がたどった道

「結婚して70年になりますけど、新婚旅行で熱海に来たんですよ。あのころはお米を持ってこないと旅館が泊めてくれませんでねえ」

風呂上がりの美しい笑顔が遠くを見つめる。脱衣所には私とふたりだけの静寂が、過ぎし昔を包み込むように時間を止めた感。結婚生活の長さを自慢げに言う人には「よく持ったわね」と言うことが多い私なのに、彼女Cさんの静謐さが私を茶化させない。

「きっといいお歳を重ねていらしたのね」

温和さを顔いっぱい滲ませたCさんにそう言うと、表情を一変させた。

「いいとか悪いとか、幸せとか不幸とか、そんなこと考える間もない時代を送ってきました。とにかく何かおなかに入れて眠れれば今日が終わる、明日はどうなるか分からないという戦前戦中から、戦後になってもつれあいの身内が多くて休む間もなかった。だから新婚旅行の熱海の数日が夢のようなできごとで忘れられませんでした。つれあいも同じ思いだったらしく、6年前に夫婦だけで暮らす話が出たとき、一も二もなく熱海に決めたんですよ。ようやく人ごこちがついたのはこの6年。私にとって昭和は生きるという言葉が贅沢に聞こえるほど、ただ息をしていた時代でした」

昭和元年に生まれたCさんが辿《たど》った女の苛酷な現代史は、大なり小なりすべての日本の女が体験した激動の時代だった。もちろん女だけが辛かったのではなく、男も子どもも年寄りも近代戦争が招いたそれぞれの辛酸を舐め、命運を分けてきての今日である。とりわけ女には、どんな状況下でも家族らの命を預けられた責任の重さに耐えぬいた歩みが、〝やって当たり前〟の評価しか得られなかった、家父長制の残滓を生きた無念さがある。

さらに女の苛酷さは性被害抜きには語れない。21世紀も20年近く経ち、ようやく性被害が世界規模で政治の俎上に載せ始められたが、性を含む男のＤＶ（ドメスティック・バイオレンス＝密室の暴力）を陽の下に引きずり出すのは難しい。

敗戦後間もなく医薬品がまだ少ないときに麻酔なしで妊娠中絶した、と自慢げに私に語った夫婦がいた。当時どちらも60代。妻は夫への愛が中絶の苦痛に耐えさせたと言うが、とても聞いていられない。彼らの娘は結婚も出産もしなかった。夫は自称フェミニストの大学教授。私は「どうして避妊しなかったの？」という言葉を幾度ものみこんで腹痛になった。

私の古い知人の例もある。元小学校教諭で夫は零細企業の社長。夫は毎晩強姦のようなセックスを強要し、泣いて嫌がる妻に暴力を振るう。３人の子ども男女は皆結婚しなかった。私が

「どうして子どもと一緒に逃げないの?」と言うと、「彼は私がいないと生きられないから」とこちらも聞いていられない。彼女は教壇で子どもたちに何を語ったのだろう。

また、私の幼なじみが、酒を飲むと妻に暴力を振るう夫と離婚すべく、当時在住の埼玉・浦和市の裁判所に提訴したことがある。ところが彼女によると、裁判官曰く、「夫が妻を殴るのは当たり前のことです」と。戦後、民主主義、男女平等が施行されていきにいたるまで、日本の女は男の暴力を擁護する司法の暴力にも支配されていたのだった。

老いて、独りで生きる

さて、日本の女の重い現実にザッと触れたのは、それぞれの足元を流れた昭和という時間の試練を経て、長寿という思わぬプレゼントを手にした老後の今日だということを強調したかったからだ。ところが、そのプレゼントも本当に享受しているのはいったい何割だろうと思うくらい、家族から切り離されて、不本意な「自助努力」を強いられている年寄りが多いのではないかと思う。

彼女らの胸中をソンタクすると、娘やヨメのころは子育てはともかくとして、核家族になっても、夫と双方の老親介護を20~30年と担わされ、老いてもなお夫の介護や老親の一部が残っている。それを対外的に不満をもらすフトドキな女は少ないから、とりあえず日本社会は回ってきたのだろう。

女たちの不満が積もり積もって社会現象になったのは、母親らの〝声なき声〟をキャッチした娘たちの非婚非産が、もう修復不可能なところまで来てしまったからだ。母親のようには生きたくない娘と、母親の腕から飛び立てない息子が、いつまでも自立できない中高年層の塊となって久しい。

もっとも、早くから自分の意思をもってシングルライフを貫く男女はこの限りではない。非婚のシングルライフと若いうちのバツイチは、自立を当然のこととしてどこかカッコいい。その身軽さ、人によっては無責任さがカッコよく思えるほど、家族のために地を這うような重圧に耐えてきた「家内奴隷」の楽しみは、やがてヨメに看てもらえる、順繰りだ、という役割交代だった。

ところが現実は見事に裏切られた人が多いのが、この昭和を丸ごと生きた女たち世代といえるだろう。

いま在宅で家族ごっこをしていられる年寄りは、財産を持っている老親くらいかも。一方で財産があるため独居暮らしになった老親もいるだろうが。

私の嫁ぎ先、奈良・斑鳩の里に私の舅と親しい資産家の老夫婦がいた。息子夫婦はもちろん同居で、嫁はかいがいしく世話をやいてくれると老親は自慢していた。あるとき息子夫婦に世話になっているからと、老親は全資産を生前贈与したそうだ。とたんに老夫婦の部屋は離れに移され、食事も離れに運ばれて孫たちと食べられなくなったと、拙宅へ来ておじいさんが泣いていたっけ。

私近辺のもうひとりの生前贈与は舅の弟で、駅前のほとんどの土地を妻の老親から贈与されて同居していた。本家を守る私の舅は大人しい人だったから、弟が親族の事実上のボスで、私たちの結婚に二年以上も反対したのも彼だった。あるとき私が姑の使いで叔父の家を訪れると、本家のヨメが来た、と座敷に上げられてお茶が出た。老親も背中を丸めてヨメを見に来た。老夫婦が遠慮がちに座敷の入り口に座すと、叔父が「ほらよっ」と新聞紙の上に茶菓子を投げて与えたのだ。まるで犬に餌を投げるように。叔母は老親にお茶も出さなかった。

生前贈与に関係なく同じような空気を感じて自ら施設などに脱出した人、息子夫婦に施設の費用は出すからと家族から切り離された人、自分で働きつつ計画を立て自力で入所した人と、

100人いれば100通りの老人独立物語があるだろう。

日本人の老人残酷物語は、民主主義体制になっても社会の単位は家族主義で、相互扶助の名分のもと家族がもたれあって生きている現実をつきつける。家族間の〝助けあい〟で冠婚葬祭も老親介護も習慣化し、家族の義務がいまだにうたわれている民法まである。

その一方で、財産分与は子どもたちに平等にと法改正され、長男の権利も義務もなくなった。つまり社会の根幹が家族単位か個人単位かという整合性がとれていないため、国民がふり回される矛盾が出てくる。加えて、ひと昔前は50～60代くらいで他界したのに、現代は医学などの進歩で年寄りが死ななくなった。死ねなくなった、か。

あぶれたシニアたちは学校でも社会でも教えられも訓練もされなかった「個の自立」「独りで生きて当たり前」――欧米では幼児のころから仕込まれる個人主義（インディビジュアリズム）――を老いて全く違う環境に投げ込まれてから初めて生きなければならないのだ。

否応なく独りで生きることに追い込まれた年寄りたちが、諦観をみずからに言い聞かせるコトバとして、「子ども（他者）に迷惑をかけたくない」を唱えているのだとしたら、あまりにやりきれない。

「家族」は終わってしまったのか

老いてから独りで生きなければならなくなった境遇を嘆くとき、特に女の場合は、ヨメ・娘として文句も言わず介護のタダ働きをしてきたのに、いざ看てもらえる番がきたと思ったら、次世代のヨメ・娘は働いている、地方か海外に行ってしまった、赤ちゃんができそうなど、なかなか順繰りというわけにはならない現実が横たわる。

私はやってきたのにヨメ・娘は当てにならない――これがおおかたのバーサンズの本音だろうが、いずこでも意外なほど本音を吐く人は少ないようだ。代わりによく聞くのは、前出の「子どもたちに迷惑はかけられない」という〝理性〟の声。

さすが忍従の一生を生きてきた日本の女よ、と絶句するが、本音を押し殺して蓋をしてしまったのか鍵をかけたのか。嫁の悪口を言わないのは好ましいけれど、子や孫の話をする人もほとんどいなくて、これでいいのかなあと寒々とすることもある。

「家族」はもう終わってしまったんだろうか。

理想的には成人した親子が分離して各々の仕事や収入を得、誕生日などに顔を合わせる欧米式生活スタイルがベストだと思う。だがこれも日本では老親が要介護になったら、収入がなくなったら、子どもが外国暮らしだったらなどと理想通りにはいかない。

私も、母亡き後は老いの独り暮らしに何の疑問も持たなかった。家族には会いたいときに会えばいいと、夏と冬には米・バークレーに住む娘宅に長期滞在し、東京郊外の息子宅には孫の小さいときの行事にだけ出かけていた。息子のほうは近所につれあいの両親がいるので、ババの出番はなるべく遠慮した。

娘のほうの孫たちは発達障がいのひとつ、クラシック・オーティズム（自閉症）である。これを書き出したとき18歳と15歳だが、下の孫娘ジェニファーのほうは発語が困難で人見知りも激しい。

サンフランシスコ空港に私を出迎えに来るたびに、上の孫息子エリックは私にハグをしてくれたりキャリーバッグを持ってくれたりと、うれしさを隠さない。だがジェニファーはそれまでは困ったような笑みを浮かべ、ハグも私にされるがままだったのが、その日は違っていた。からだを硬くして拒絶反応を示したのだ。

娘の車で賑やかにさえずりながら60分もするとバークレーに到着するのだが、ジェニーはずっと窓外を見つめながら寡黙の姫サマだった。リビングで旅行カバンとキャリーバッグから土産を出して並べ、キッチンにいる娘とやりとりしているそのとき、いきなりジェニーが私にかじりついてきた。顔をすり寄せ、ティーンズになった発育のいいからだで上になり下になり、まるで犬ころのようにじゃれる。

「どうしたの、ジェニー。何か欲しいの？」

ちょうどお茶を入れてきた娘に、「どうしちゃったのよ、この子」と尋ねると、破顔一笑、娘が言った。

「バーバをやっと思い出したのよ」

何とうれしい歓迎だろう。私はジェニーの記憶の中で、他者に関心の少ないオーティズムっ子の頭脳の一部に、マミーでもダディでもエリックでもないその他の家族として位置づいていたのだった。家族の仕組みも理解できない混沌とした関係認識だろうが、言葉や理屈でない体臭のような存在がときどきやって来て、マミーのように笑ったり叱ったり。他者とは異なる接近方法で異文化を撒き散らしてはいなくなるグランマ（おばあちゃん、祖母）——。

そうだ、言葉や理屈でないフィジカルな匂いのような、温かい空気のような、あえて言えば家族の固有の文化が子育て・孫育てに必要なのだ。責任のある愛情を持つ関係は血縁でなくてもいいが、それも含めてベーシックな親の保護の上に多角的なアプローチがあればあるほど、彼らはさまざまな人や人種がいることを知るだろう。

かつての大家族時代はそれに近かった。絶対権力を持つ家長の存在と、大家族のひずみをすべて担わされる家内奴隷のヨメの地位には何の郷愁も抱かないが、子・孫にはベターな環境だったことを思う。私が想定する具体は疎開先だった福島県の山村だ。子どもたちは貧しくとも無意識の大きな安心の中で、田植えや稲刈りなど農作業の貴重な労働力としても尊重されていた。

農業から工業化へ、ムラから都市化へで社会は一変し、嫁姑の確執も減少した核家族化は、女にとって一歩前進であることは確かだ。だが夜遅くまで働く親の帰りを待つひとりっ子かふたりっ子だけの家庭、または学校から塾へ直行し、夕食までも弁当を食べる子どもたちを思うとき、はたして子どもは幸せになったのだろうかと疑念を抱いてしまう。

多様な家族のアプローチが必要なのは障がい児だけでなく、すべての子どもに必要なことは言うまでもない。共に暮らすか、ときどき会うかは各々の事情によるけれど、子どもの内面の肌寒さ、人恋しさを補えるのは、真っ先にババ・ジジである。ババ・ジジの最後の社会的役割といっても過言ではないだろう。

それを経済至上主義で家族から年寄りをもぎ離し、吹き溜まりに隔離した政治。厄介者払いでその政策にホイホイと乗った中高年労働者。もの分かりのいい年寄りを世間にアピールした高齢者。不可抗力な時代のうねりがあったにせよ、視点を変えれば大人の利益や都合であり、そこに欠けていたのは子どもたちの「幸せ」ではなかったかと肌に粟立つものがある。

私は何と子どもたちのために大家族の復活を夢見ているのだ。それなしにはババ・ジジの魂の復活もないと考える。まるでこの国の保守化の波に同調したような誤解を受けそうだが、私は構成員が対等なファミリーの共生をこそ夢見ているので、念のため。

そのようなことを考えさせてくれたのは、他の惑星から来てくれたような「障がい」を持った〝星の王子さまと姫さま〟のおかげである。つくづくありがたいと思う。

■エッセー教室から①

門野さんとの出会い

山下洋子

熱海に移住してきて4年になる。

3年も経つと、さすがに最初のころのように1週間に2度も東京に遊びに行くなどということもなくなった、というより面倒になってきた。かと言って海山の自然を見ていても感激も薄らいできた。年のせいなのか、マンネリな生活のせいなのか。

熱海市役所の文化活動の中で、「太極拳」「レクレーションダンス」「ソシアルダンス」などに参加して結構忙しく、予想していたよりははるかに楽しかったが、何か満たされない毎日だった。

「やっぱり熱海でも筋肉ばかり強化しているの？　脳まで筋肉にするつもり？」

あるとき、東京で会った学生時代の友人のひと言でハッと我に返った。私だって熱海でも読書はしている。脳だって少しは使っているつもりでいる。だが、いくら本を読んでも、ただ読むだけでは何もならない。いい話を聞いても聞くだけでは何もならない。どれだけそれを自分のものにできるかではないか、とその友人と話し合った。インプットばかりしてアウトプットが無い。アウトプットするには他人に話すか書くことしかない。それでなければ何か世の中に役立つことをすることかとも思うが、そんな大それたことはできそうもない。さしずめ、今の私にできることって文章を書くことくらいかと思う。

書くことって何を書けばいいのだろうと考え始めていたある日、熱海市生涯教育講座の「エッセーを書きませんか」というチラシの文字が、悩める私の目に飛び込んできた。それも締め切りが今日ではないか。これだ！

私は市役所に走った。

だが受付の人は、「この講座はもう定員をオーバーしていますけれど、一応受け付けはしておきます。あまり多いと抽選になります。もし抽選に当たれば葉書で連絡します」と優しい言いかたながら、難しいですよというムードの返事。それから何日経っただろうか。諦めて忘れかけたころ「エッセーを書きませんか」講座の抽選に当選しました、との葉書が届いた。

私が参加している他の教室には男性がいないか、いても1人か2人。だがこの教室は男性のほうが多いくらいでまずびっくり。次に皆何か書けそうな人ばかりで二度びっくり。話ができて友人になれそうな人は皆無。やはり来るのではなかったと後悔したが後の祭りだった。

講師の門野晴子さんは既にみえていてどなたかと話していたが、そのファッションに、「このかたが講師なの？」と目をこすって見直したほど驚いた。

今どきの可愛い女子会風のすその長いスカートをスラリと着こなしていて、お年は私とほぼ同じくらいなのに違和感ゼロ。ところが、門野さんの話は可愛いファッションに反してかなりきつかった。きついというより、私には怖いとさえ思えたのだ。

「子どもの人権」「女性解放運動」など私には縁の無い分野で活躍されたと、本の紹介で読んだときには凄い人だと思ったが、目の前にいる門野さんはそのファッションのせいなのか、この人が本当にあのような本を書いた人なのか信じられなかった。

あまりにも見た目と講義の内容、話しかたのギャップがあり過ぎて、エッセー教室にいることなど忘れ、門野さんという人は一体どんな人なんだろうと興味津々。いつの間にか2時間の講座に引き込まれていた。これから数回の講座はエッセーの書きかたは勿論だが、それ以上にその話しかたやレクチャーの中身への興味と期待でいっぱいになった。

なんだろう。今まで私が知っている人たちとまったく違う。何も飾らない自然体に魅かれたのか、そのド迫力、エネルギッシュな話しかたに捕まったのか、話の内容に興味があったのか、少し質問しても答えは決して初めてだからと柔らかくない。こちらのど真ん中に直球で返ってくる。それだけではない、その生きかたの勢いに圧倒されたのかもしれないが、眠っていた私の心が突然目覚めたような衝撃を受けた。

私にはこんな友人はいなかった。長い人生ひとりもいなかった。怖い！　面白い！　どうしよう…。興味はある。でも、やめるなら今だと、迷いに迷った。

講座終了後、ただひとりこの講座で友人になれるかもしれないと思って見ていた、まだ（少し）若い古谷光永さんと、「お茶でもしましょうか」と言いながら会場を出ようとしたとき、そこに門野さんが出てこられた。

目の前に立っている門野さんにもっとお話が聞きたくて、「少しお話しできますか？」と、とっさに話しかけていた。

門野さんとの出会いだった。


1週間に一度の「エッセーを書きませんか」講座に通い始めた。もともとエッセーなんて書く気があまりない。だが講師の門野さんのレクチャーが面白い上に、自分が少しずつ変わっていくようで熱心に通った。

案の定、皆すごい人たちに見える。小説家になりたかった人、かなりお年に見えるがこれから小説を書きたい人、そのほか講師に甘ったれた声で何やら相談を始める人。大変な講座に来てしまったとそっと周りを見回すと、向かいの席に少し若い女性がひとり。

講座終了後、気になったその女性がひとりだったので「お茶でも行きませんか」と声をかけた。古谷光永さんとは、その後、毎回講座の後でお茶をご一緒した。まだ後期高齢前という古谷さんはうんと若く見える。熱海、東京、長野の3カ所に住み、無農薬野菜を育てながら、「マクロビオテック・料理」を教えているという。それだけではなく、かなりユニークな人だった。門野さんのレクチャーの中から毎回何かを掴み実践して、みるみる変わっていった。私も自分が変わったと思っているが、彼女の変化はそんなものではない。

まず初日の講座で門野さんが「自分の夫をなぜ主人と呼ぶのか？　それから変えていかないと女性の地位は向上しない」と言われたとき、男性たちはイヤーな顔をした。その瞬間、私はその男性たちの本性を見た気がした。一方、女性たちは皆なぜそれが良くないかと怪訝そうな顔をしていた。主人と呼ぶのは、信念があってではない。でもみんながそう呼んでいるから自分は変えたくない、とでも言うように。

ところが古谷さんは早速その日から主人というのをやめて夫と呼ぶようにしたばかりか、夫と対等に話すように努力した結果、夫のほうが変わってきて、彼女の話をよく聞くようになったという。そして、彼女を尊敬の眼差しで見るようになったそうだ。呼びかたひとつでこんなに変わるなんて思いもしなかったと話してくれた。

それからの彼女は自信に満ち溢れ、輝いて見えた。

私も若いころを過ごしたブラジルで、数人の男女のグループで話していたことを思い出す。「ヨーコもパートナーを主人と呼ぶの？」と聞かれたことがあった。私はまだ独身だったので夫はいなかったが、居合わせたブラジルの若者たちは、「日本の女性が主人というのは夫に雇われているという意味なの？　奴隷ではないのに」と、いぶかしげだった。確かに翻訳すればそうなるのだ。これは恥ずかしいことだ。若かった私は返事のしようもなく黙ってしまった。

帰国後私は結婚したが、夫を主人と呼ぶことは決してなかった。夫は良きパートナーであっても、私は彼に仕える必要もなく、雇われているのでもないのだから。私の自立心はそこから始まった。

日本の女性はそのような女性蔑視の呼びかたでさえ疑いもせず使ってきたのか。ブラジルは女性上位といわれるが、反対に日本ではあまりにも女性は虐げられてきたのだ…※と、門野さんの「エッセーを書きませんか」講座のレクチャーで記憶がよみがえり、古谷さんの変化で改めて気づかされ考えさせられた。

古谷さんは、自分の意思をはっきり示すようにもなった。彼女は突然マクロビオテックの先生を辞めた。いやなことが沢山ある授業だったので、我慢するのを止めたそうだ。これからは、自分を大切に強く生きていくという彼女が眩しい！

彼女はまだまだ変化、いや進化しつつある。これからがとても楽しみな、彼女との出会いだった。

※世界男女平等ランキング２０１７によると、１４４カ国中１１４位（過去最低）

■エッセー教室から②

ことばと格闘する面白さ

古谷光永

私が熱海市主催のエッセー教室に通うことになったのは、２０１７年新緑の眩しい初夏のころだった。熱海の知り合いから電話があり、申し込んでみないかと誘われたのだ。「夫が熱海の広報に掲載されていたのを見つけて、こう言ったの。スマホばかり見ていないで、たまにはお前も文化的なことに親しんでみろよ。何でもいいから申し込んでみたらどうだ。みつえさんでも誘えばいいさ、って言うのよ」と、断られたらどうしようかと不安な気持ちが伝わってくるような小さな声だった。

エッセー教室に誘われた当時、私は東京中心の生活から離れ、静岡、長野でも生活の拠点を持っていた。自然に恵まれた静岡と長野では畑で作物を作っていた。もちろん農薬も化学肥料も使わないオーガニック野菜だった。野菜はこちらの都合に合わせて成長を待ってくれない。ひと月のうちにあっちへ行ったりこっちに戻ったりと目まぐるしく動き回っていた。

そんな慌ただしい私の日常にエッセーが割り込んできた。誘ってくれた知人も私の事情は知っていた。

これまでの私にとって「ことば」は遠いものだった。手紙を書くことも日記を付けることもなく、そもそも文章に親しむのが苦手だった。しかし水が流れるような文章に出合うと、私もそんな文章を書いてみたいと憧れた。

門野晴子さんのエッセー教室は、熱海では高い人気があった。抽選は当然のことだった。その抽選に当たったことは、私の老後を照らす門野晴子さんとの楽しい出会いのはじまりだった。

畑が忙しい。静岡、長野のスケジュールを組まなければならない。そして大好きな東京の華やかな賑わいも私を呼んでいた。私の頭の中はもはやフル回転していた。あっちに手を出し、こっちにも手を出し、後ろ髪を引かれながらも第1回目のエッセー教室にのぞんだ。新しい世界への興味が強かったのだ。

ところが私はやはり場違いなところに来てしまったのではないかと思い始めた。というのは、ほとんどの参加者が文章と関わった仕事をしてきたような人ばかりに思え、そんな中にポツンとひとり、文章とはほとんど縁のない私が飛び込んでしまったとすっかり上がっていた。

ところが第一声、門野さんは「私のことを先生と呼ばないで、名前で呼んでください。私は皆さんと対等な関係でありたいからです」。さらに「エッセーは普通に会話ができれば誰でも書けます」「起承転結を考えて書けば立派なエッセーになりますよ」と、最初からいかにも簡単なことのように話された。誰かに話すように書けばよいのか。それだったら書けるかもしれない――。

それから後の自己紹介が面白い。門野さんが「私ね、専業主婦でお茶碗洗っているときに、私って何しているのかしら、このままでいいのかしら？　といつも迷っていたのよ。もっとほかに何かすることがあるのではないかしら？　といつも悩んでいました」と。2人の子どもが就職したとき、「そうだ、離婚して私も自立しようと思った」と言われた。普通夫の浮気、家庭不和であれば別だが、突然言われたつれあいさんは、頭の中が真っ白になるくらい驚いたことだろう。

「世の夫族の多くは今日に続く明日があると信じ、妻の悩みなど知ろうとしない」とも言われた。

その後の話にもっと驚いた。離婚した夫さんのお父さまが、もとヨメの門野さんを頼って関西から上京してきたということだ。家事仕事など一切できなかった83歳の舅を、外で働く門野さんをサポートすべく家事ができるように自立した男に育てあげた。その間のドタバタを『老親を棄てられますか』という本にしたとのことだ。

最初からこのような調子で面白い。こういう講座なら門野さんの〝漫才〟を聞きにくるだけでもいいかしら、と憂うつな気持ちがどこかに吹き飛んでしまった。

毎回題材が決められ、600字に収めてエッセーを書いていくのが宿題だ。そのエッセーを皆の前で読んでゆく。声を出して読んでみると、何かおかしなことに気づく。文章の繋がりがおかしかったり、文章にリズムがなかったりと、もう一度書き直したくなるのだ。そして帰りにそのエッセーを集めて、門野さんが自宅で添削し、次回手元に戻ってくる。

その添削は、自分の性格で気づくことなく済ませてきたことを、赤ペンでスパッスパッと切り刻んでくれるのだ。

またある時は「毎日使うことばを吟味したほうが良いですよ。そのことばが意識をつくるからです」。例えば「主人」ということばだ。私も意識せずに使っていたが、広辞苑では「一家の主人」「自分の仕える人」となっている。

そうか、だから私はつね日ごろ夫の顔色を窺っていることが多いのかもしれない。これからは名前で呼んでみようと、名前を呼び始めてから、あら不思議、何かが変わってきた。

夫の態度が少し変わった。対等に意見を聞いてくれるようになったのだ。それから私自身も変わった。今まで夫に頼りきっていたことも積極的に自分で解決している。最近起こったことでは、95歳の母が廊下で滑って骨折してしまった。周りからは、これから大変よとか、誰でも通る道だから、とか言われた。そのような助言をよそに、ウキウキしながら母の介護をしている私がいたのだ。

なぜかと考えてみると、今まで兄弟に連絡をするときは簡単に用件だけの電話で済ませていた。電話だとお互いの声だけが響いて、いつも喧嘩腰になってしまうのだ。それがエッセー教室に通うようになってから手紙に変えたところ、気持ちよく話が通じるようになり、私自身も手紙を書くのが楽しくなった。

今まで使っていなかった脳細胞が少しずつ動き出したような気がしてきた。ようやく真正面からことばと格闘する面白さを知った私は、次なる題材に挑戦する。

Part2　シニア施設百景

3食昼寝つきがたまらない

「元気な人はここに入れないんですよ。あなた、どこも悪くないでしょう?」

「いいえ、頭と口が悪いんですが、ここは50歳以上ならば誰でも入れますよ。フロントに聞いてみてください」と応じた私。

想像以上にからだの不自由な男女が多いケアハウス。杖や歩行器でゆっくりと移動する人もそうでない人も、60~70代の〝若い人たち〟も、大手術をして病院へリハビリに通いながらのシングルライフが多いため、冒頭のようなことを言われるのだろう。

はじめのうちは食堂で食事をしていた私。歩行の困難な人には入り口近くの指定席が配慮され、杖をついてもつかなくても歩ける人には自由席でと、4人掛けテーブルがずらりと用意されている。

三度三度の食事を作ってもらえるとは夢のような話だ。食費が月4万円というのもありがたく、年寄りの食事は薄味で野菜の煮物か繊切りサラダが定番でも、「兎や鶏じゃあるまいし」とボヤきつつありがたく食す。

自分の好きなおかずを持参するのはダメ、自分で食器を動かして移動するのもダメ、と何かと管理的で文字通り主客転倒だが、山の上でコンビニもスーパーもないから自炊するには麓まで買い物に、となると大仕事だ。

ま、〝夢のような手間いらずの食事〟と、〝栄養失調になりそうな管理的内容〟を4万円の天びんにかけて我慢し、東京や静岡に出かけた日にステーキ、うなぎ、トロづくしとコレステロールを食いまくって夜遅く帰る。

なんと餓鬼みたいな下品さ、と笑わば笑え。年寄りになると賤しくなるのは周知の事実だが、それだけではない。子ども時代に戦争で飢えたり、餓死を見聞きしたりしただけに、食い物への怨念は終生忘れることはできない、われら少国民である。

死が射程に入った老いの日々こそ、二度と飢えないために欲望を満たすのはもちろん、歴史を後戻りさせないための社会的言動を心がけねば、とコレステロールに誓う。

「早いもので、ボカァ今年90歳になりました。ハハハ」

また始まった、と食堂で同席した人は下を向く。毎年90歳なんだそうな。私はそれが面白くてエールを送る。

「100歳までガンバレ！」

しかし日に三度の食事だ。どんなに避けようとしても一回は同席となるが、耳が遠い人と他のやりとりがない食事は苦痛でしかない。が、彼はまだいい。館内やエレベーターで挨拶すると、ちゃんと返ってくれるからだ。「おはよう、ハハハ」と。

挨拶しても首も動かさないジーサンズに、耳が遠いのかと私も知らんぷりする某日、そのひとりとエレベーターでふたりきりになる。たかが2、3階でも無言の行は長く息苦しい。

突然彼が口を開いた。

「ここのメシ、まずいねえ。飽きたよ」

アイ　シンク　ソーと言うには私の降りる7階の扉がもう開いていた。久々に必殺の笑顔を投げて降りた私。

ここの食事が美味しい、と言う人もいるので、念のため。

皆の世話焼きに活躍する管理組合のNさんが私に食事を運ぶオカモチをくれた。三度三度オカモチを洗って食堂に持っていくのが面倒だが、自室でテレビを観ながら、好きなおかずを冷蔵庫から加えながら、娘や友人からの電話にさえずりながら、ゆっくりとひとりで食べられる幸せがある。もっと早く踏み切ればよかった。

ジーサンズの自由席に座れば野球と相撲の話が多く、バーサンズの席には窓外に広がる海山の景観や花々の美しさを愛でる声。後者には私も共鳴するけれど仏の顔もナントヤラ、2年も愛でているとゲップが出そう。あとは共通の話題となれば病気の話だが、これは致しかたない。

私もどこか壊れてから来ればよかったんだ。冒頭の人が言った「元気な人は入れないんですよ」とは言い得て妙だ。だから強者の論理を間違っても出さぬように、できるだけ穏やかにやさしく他者に接しようと心がけた。明日はわが身なのだから、と言いきかせて。

「今夜は花火がありますね。たまにはロビーの庭でご一緒しましょうか」

観光都市熱海は一年を通して花火をやっている。

いつも物静かな年輩の女性に声をかけると、彼女はニコリともしないで言った。

「花火、もう飽きたわ」

ここにウン十年と暮らしている90代の人も少なくない。生きることに飽きたらどうしよう。

バーサンズ　ファッション

既述したように、ケアハウスの従業員以外はどっちを見ても年寄りばかり。わがままな私はすぐにウンザリするだろうと思ったが、これが意外と面白く心地いいのだ。

見た目には分かりにくい加齢による心身の劣化状態は、男どもが作った観賞的美醜に価値基準を置いたら自己否定まっしぐら。どこかの前女性大統領のように国税でしわとり注射をしまくることになるだろう。

だが芸能人のように美を売る仕事じゃあるまいし、皆が皆同じような老衰の波間を漂う日常だから、娑婆《しゃば》で婆あ視されるより〝塀の中〟のほうがホッとする。ちょうど敗戦後の赤貧はどこも同じだったから、貧乏で負い目を感じることがなかったように、皆シワクチャだと居直ってしまえばどうってことない。

「あら、門野さんも振り袖になってきたわねえ」

私のTシャツ袖から出た腕のたるみを触った八十路の姉《あね》サン。テヤンデエ、タンクトップから垂れた彼女のそれは振り袖どころか十二単《ひとえ》だ、なんて言わないけど。

もうひとりのズングリ姉サンは「私は垂れてないわ。ホラッ」とまくった腕は太い丸太ん棒、とは言わないが、バーサンズの存在感に圧倒されてしまう。

新入りの私に興味津々というのは分かるから、最初の猛暑からホットパンツで館内を闊歩すると、少なからず驚いた様子の人も。何で？　男の半ズボン姿は数人いるのに。

「あらー、涼しそうでいいわね」と言う人も。

「ナマアシだぜ」と私。

腹の中でどう思われたっていい、私らしくのびのびとしようと〝いい人〟を装うのはやめた。疲れる。

「脚がきれいで長いからはけるのね。羨ましいわ」とエレベーターでのオベンチャラには、「ナマアシで過ごすと冬、風邪を引かないのよ」と、ナマの効能を説く。

すべて自分のため。違法ではないから無視して、とわざわざ断ることもないと居直ると、90歳近い骨皮筋子サンがカミングアウト。

「私はね、部屋の中にいるときは水着を着てるのよ。外に出るときだけスカートをはけば、上はタンクトップに見えるでしょ。このバカ暑さ、エアコンも効かないんだもの」

「ワハハ、賢いファッションね。シャワーもすぐ浴びられるし、地震で飛び出してもお巡りさんに叱られない。頑張りましょう！」

ン、何を頑張るんだ？

私が目立ってしまうのは背が高いためだ。１６０センチで50キロ。ウン十年もこの数字はほとんど変わらないし、これだと調子もいい。いまの若い娘は１７０～１８０センチがザラだけど、〝バーサンズの終着駅〟では私前後は３、４人くらいしかいない。その理由は女性特有の老いの症状である骨粗鬆症で、身長が5〜10センチも縮んだと口々に言う。

私の母が同病で10年間も寝たきり老人だったことを思うと、杖くらいで自在に歩けるバーサンズがねたましい。特にジジババともノルディックポールという長い2本杖を両手で操り、熱海の名所・梅園への登り坂を颯爽と歩を運ぶ勇姿には、あまりのカッコよさに見とれてしまう。

私にも大向こうからお声が飛んでくることがある。仕事以外は〝花の素顔〟でいるのに。

「門野さん、ステキよ」

「服装のセンスがいいわ」

「可愛いファッション、どこで買うの？」

そのたびに吹き出す私は「拾ってくるのよ」。

米・バークレー在住の娘は母親の老いを見るのが嫌なのか、服装、姿勢、歩きかたなどに口やかましくなった。孫娘が中学生になり、女3代とも同身長で体重が少しずつ違うだけなので、同じデザインの色違いを買ったりするが、選択の決定は娘のために若々しい格好になる。

年に2、3回渡米するが、娘が捨てようとためておく古着をゴミ袋から引っぱり出し、いままで着たことのないロングスカートが伸びたのを、両肩でつまんで短くしたりして着る。全体的に娘の好みはフェミニンだから、ときならぬおしゃれ婆あが出現する日もある。

館内のバーサンズは好意的とは限らない。

「どうしてそんなに細いの？」

全身を眺め回して姑根性を出したがる人も。

「私、栄養失調なのよ。皆さんのように果物や甘いおやつを買うゆとりもなくて」

「あら、そうだったの」と納得気味なのが愉快。

「可愛い服を着ちゃって」との仲よしには、「人間が憎らしいからカモフラージュだよ」と応じて、ノドチンコが見えるほど笑いあう。

老いてゆとりができたせいか、バーサンズは総じておしゃれな人が多い。古い物を大事に着ている個性的なファッションの前では、容貌の変化自体が古い名画のような雰囲気を醸し出す。それは若くて美しい女を至上の価値とする男社会の浅薄な審美眼を一蹴する、いぶし銀のようなシニア文化に他ならない。

エレベーター物語

新入りの小柄なおばあさんが歩行器に寄りかかってエレベーターを待っていた。5階食堂でエレベーターを降りた私は、どうぞ、と扉を押さえると、「行ってください」と促す。

食堂でオカモチの食事をもらってエレベーターへ戻ると、まだおばあさんが立っている。

「あら、乗らなかったんですか」

泣きそうな顔で彼女は言った。

「乗ろうとすると扉が閉まってしまうんです。怖くてなかなか乗れなくて……」

「あらら、一緒に乗りましょう」

食堂のある5階で下から乗ってきた全員が降り、私と彼女が乗りこんだ。

「何階ですか？」

「さあ、何階だったかしら」

「乗ってるうちに思い出しますよ。どんなに乗ってもタダですからごゆっくり」

「まあ、面白いかたですね」

（あなたも面白いけど、面白だれたいわ）

老いてからだが思うようにならなくなってから、見知らぬところへ来た心細さに加え、エレベーターは基本的には自分で動かさなくては動かない大きな機械だ。片手で歩行器を支えながら片手でどのボタンを押せばいいのか、オロオロするうちに扉が閉まってしまう。怖い、というのが機械オンチの私にはよく分かる。

東京在住のころ、私の母を車椅子で外へ散歩に連れ出すとき、いっぱしの孝行娘になったような驕りで私の胸ははずんでいた。ところが母は次第に外出を渋るようになる。

「どうして？　外に出ると気が晴れるでしょう？」

「車椅子は怖いんだよ。歩いてる人たちの腰のあたりが私の目線だからぶつかりそうな気がしてね」

狭い歩道の車道側には桜の街路樹がびっしりと咲き誇り、練馬区の人気スポットとして通行人が多い。そんな桜の名所や緑の豊かさという宣伝文句と、西武池袋線大泉学園駅へ徒歩7分という便利さでマンションを購入したが、寝たきりの母には外出が恐怖でしかなかったとは——。

「ババア、邪魔なんだよ！」

車道を横断しようとする私たちへ、トラックの窓から顔を突き出して怒鳴った若い娘も。

母はしみじみとボヤいていたっけ。

「いつまでこうしていなくてはならないいんだろうねえ」

「いつお迎えが来るんだろう。もうこうしているの飽きちゃったよ」

仕事と介護で目いっぱいの私は、母の恐怖やグチに寄り添えなかった。

いま、母と同じような境遇になってケアハウスの内外を彷徨すると、あちこちに老母がいる。うつろな目と白い顔を宙に向けた末期の母がいる。エレベーターに乗ってきて天井を見上げたまま、何も言わない老女もいる。「何階ですか」と聞いても何も答えぬ母がいる。

A館に1つ、B館に1つずつしかないエレベーターは皆に評判が悪い。

「入所者をどんどん増やしておいて、エレベーターが1つしかないなんて無責任よね」

「そうよ、ふつうのマンションじゃないのよ。からだの悪い人が多いから、7人乗りでも歩行器があると2、3人でいっぱいでしょ。それが行って戻るまでにどれだけ時間がかかるか。歩けるものなら歩いてるわよ」と。

さて、誰が猫の首に鈴をつけるのだ。言ってもどうせ聞いてもらえない、という日本の政治に対する諦観と同じくして、ブスブスと不満のメタンガスがたまるだけ。

私はもう言っている。昨年、車椅子の高齢の先達が、お身内の集まりが伊豆であったと、その帰りに寄ってくれた。だが、ロビーのトイレも私の部屋のトイレも車椅子では入れないのだ。

「こんなにからだの不自由な人がいる施設なのに、いまどきロビーに1つくらい車椅子用のトイレがないなんて、施設として評判が悪くなると思いますよ」

月に1回ある管理組合会議で同じことを3回訴えた。

「会議にかけて見積もりして予算化してと順序があるのよ。そんなにすぐにはできない」と、親しい女性理事が頭をなでてくる。

「違う、優先順位の問題よ。ケアハウスを営む責任感とプロ意識があれば、関係者は飛び上がって恥じるべき。売る部屋のリフォームはやってるくせに」

春が来て夏も過ぎ、秋になって今年もすぐ終わる。車椅子トイレは組合ニュースの協議事項として1行加わっただけ。私はメタンガスで自爆しないために、管理組合から遠ざかった。もちろんトイレの件だけでないが。

一方、入所者も社会性があるとは限らない。エレベーターの扉が開いても降りないでおしゃべりしている古狸たち。「降りてゆっくりしゃべったら?」と私が促しても慌てない。それでいて〝人に迷惑をかけたくない〟が大好きな狸だ。

お風呂に行くため夜遅いエレベーターに乗ると、先客Oさんが洗面用具を持って乗っていた。「こんばんは」「お風呂、ご一緒ね」。

1階に着いて私が歩き出し、振り返るとOさんがいない。あらら、と私が走って戻り、閉まりかかった扉を押さえると、彼女はまだ動こうとせずにボーッとしていた。

「どうしたの?　これ以上、下に行きませんよ」と声をかけると、ハッとしたOさん。

「いやだ、私。立ったまま眠っていたわ」

80代半ばでこういう〝夢遊病〟もあるのかと、誰もいない遅い風呂で眠ってしまう危険も感じて、誰か入ってくるまでゆっくりつき合う。

風呂で独りにしないお互いの心がけはあるけれど、夜7時も過ぎると30分余も本当に誰もこない日もある。私がひとりになるときは「若いから大丈夫ね」と皆帰ってしまうが、逆はあぶない。まあ、お役に立つうちはいいか、と韓流の連ドラを録画しなかった夜が恨めしい。

娘の20年ぶりの里帰り

「ママ、ここのおばあさんたちって肌が白くてきれいね。温泉効果だと思うよ」

米・バークレーから20年ぶりに里帰りした娘は、子どもふたりと熱海のケアハウスにやって来た。娘たちが腰を落ち着ける〝実家〟が共同施設とは、いかにも21世期のチョー高齢社会を物語っているようでフクザツだ。

19歳と16歳の孫はカサはデカいが、障がいのおかげで勝手にうろつくこともないし、常に娘がジェニファーにぴったり寄り添い、エリックがふたりを擁護する形で歩く。見事だ。

それでも「お騒がせしてすみません」と日ごろより腰を低くして挨拶する私に、心優しい姉サンがいいことを言ってくれる。

「ここは息子か娘が会いに来たといっても、60代前後でしょう。入所者とあまり変わらない人たちが来ても景色はほとんど同じなのよ。若いお孫さんがいるだけで何かウキウキしてくるわ」

「まあ、ありがとう。そう言ってくださるとうれしいわ。いまエリックがいないから、彼の十八番《おはこ》でお返しできずに残念」

「どんな十八番?」

「奥さん、今日もおきれいですねえ」

「ワハハハ、エリックはモテるでしょう」

オーティズムっ子はおうむ返しが得意だから、バークレーで娘が日本人ワイフたちにふざけて言うのを真似たところ、あまりにウケたのでエリックは病みつきになったらしい。

娘も家事と仕事(就学前のプレスクールからアメリカは義務教育で、娘はプレのスペシャル・エデュケーションの補助教員をしている)から解放されて、言い馴れないことを言う。

「ママも温泉の効果ね。首も胸もシワやシミがなくてきれいよ。何でもっと肌を出さないの?」

しゃらくさいことを老いた母親に言って、娘は衿のあいたブラウスなどを私に買ってきた。母親をあれこれ追い抜いた優越感のなせるワザかと少々シャクだ。51歳、女の鮮やかな成熟期が眩しい。だが母娘で目を見張るのは、孫娘の思春期の成長ぶり。

「すごいねえ。これは人間のからだじゃないよ」

「こんな美しいビーナス、見たことないわ」

もちろんミウチの欲目で好きなことを言っているが、どのように美しいか描写すると彼女へのＤＶになるので、娘に叱られる。

そんなわけで孫たちが帰った翌年、つまり今夏がくるや、ナマアシにナマムネにナマクビまでさらすことになった。韓流時代劇にハマっている私が、獄門のさらし首に妙な親近感を覚えたりして……。


私が住む施設の温泉に女湯の浴槽が2つあり、大きい浴槽のほうは40度、もう1つはその半分の浴槽で熱めの湯が入っている。洗い場は広く、温泉ではない湯がたっぷり出て気持ちいい。アメリカの1人用のバスタブしか知らない孫たちは風呂が一番気に入ったが、ジェニファーははじめ怖がって大きい湯舟の隅で縮こまっていた。エリックは男湯にひとりで入れないし、私が入って教えることもできないしで、彼が気に入ったのは家族風呂のことだ。

だいぶ小さい浴槽に予約を入れておき、文字通り家族4人でぎゅうぎゅう入る。19歳のオトコマエと混浴できるなんて婆あ冥利に尽きる、ウシシ、と言いたいが、別にいつも見ているハダカにすぎない。

エリックを大きな温泉に入れてあげたいと、東京在住の息子が休日に小田原の温泉に連れて行った。こちらは食事つきのホンモノの温泉で、すっかり気に入ったエリックは帰米する飛行機の中でも「ジャパンに行く」と何度も言い、周囲の乗客が「ジャパンに行くには逆の飛行機に乗らないとダメだよ」と応じてくれたと。

アメリカ人は障がい児と分かると、黙ってジロジロ見る日本人と違い、ちゃんと合わせてくれる男女が多い。やはり半世紀に近い啓発教育の成果が出ているのでは、と思わざるをえない優しさだ。

さて、娘は奈良県立斑鳩高校を卒業したため、20年ぶりに帰郷するとなったとたん、奈良市で同期会をやることになった。遠方へ嫁いでいる人たちも集まるそうで、結局ババが会場近くのホテルで孫のお守りとは孫たちが可哀そう。しかし夜、奈良公園の鹿と遊ぶこともできず、晩秋の知らない街でもし迷子になったらと、障がいのある大きい子どもの難しさを改めて知った。

バークレーでは娘の車で移動し、娘の監督下での遊びや買い物だから、ババはついて歩いていただけだった。何の役にも立っていなかったことになる。まあ、グランマがただいるだけで、孫育てをしていることまでは否定しないが…。

とはいえ、遊ぶだけ遊び回って娘は言った。

「来年もまた来よう」

温泉の入りかた

西洋式バスタブしか入ったことがない人か、よほどお育ちのいい家の奥サマが施設に来たのか、公衆浴場の入りかたを知らないバーサンズがいらっしゃる。

一番多いのは、ヘアー（恥毛、恥丘、陰部など女性蔑視で目も当てられない性的日本語は使えない）を手拭いで隠して浴場へ入り、洗い場で下半身に湯をかけるとしても濡れた手拭いで再び前を隠し、そのまま湯舟に入っていらっしゃるケース。湯をかけない人もいるそうで、あまりに大胆なイヤラシサに度肝を抜かれた。

持って入った手拭いはまるめて浴槽の縁に置いたり、持ったままで顔や首を洗ったりする人も。

「手拭いの雑菌を湯舟に運ばないようにしましょうね」

何で私が言わなければならないんだと思うはめに。管理組合やナントカ会の役付で言ってもいい人たちが何も言わないでいられるのに、言わずにいられない自分が嫌になる。

「どうして注意しないの？」

私は〝言ってもいい人たち〟に促す。

「面と向かっては言いにくいのよね」

同じ言葉が返ってきた。

脱衣場には「入浴の心得」というパネルが張ってあるが、浴場に入るガラス戸にも同様の注意書きをディレクターが張った。が、後者はなぜか間もなくはがされた。雑菌より見てくれのほうが大事なんだろうか。

ルール違反者がいなくなったから？　冗談でしょう。言ってもいい人まで手拭いで前を隠し、濡れた手拭いを湯舟の縁にトドのようにベタンと置いたり、浴槽の中に設置した手すりの湯から出ている部分に掛けたり、洗い場から浴槽まで1～2メートルの距離なのに、そんなに隠してどうするんだというほどガードが堅い。

街の銭湯ではよそのオバサンが、子どもたちにお風呂の入りかたを教えていた。子どもの母親がそばにいようといまいと口で言うだけでなく、全身にお湯をかけながらの実践教育で公共のルールを教える人が必ずいた。「社会の常識」をそうやって子どものころに学んだものだ。

片方の乳房を手術で取った姉サンがどこも隠さずに湯舟に入る清々しさや、石鹸で全身を洗ってから初めて湯舟に入る見上げた公共精神の姉サンなど、例外もあることを付記したい。

尻尾がついているとか、背中に羽が生えているとか、どうしても他者に見られるのが嫌な理由の人は自室のユニットバスに入ればいい。前を隠すことが、老いてヘアーが薄くなったり無くなったりの〝女の恥じらい〟程度ならば、髪の毛が薄くなったほうはどうするんだ？　毎日手拭いをかぶって隠すのか？

さて、もっと大胆なルール違反者がいた。私は店じまい夜9時の1時間前に風呂に行くが、もうそのころは1人か2人しかいない。ある日髪を洗っていると、水がもれているようなピチャピチャという音が熱い風呂からいつまでも続く。目をこらすと、浴槽の中に立ち、きれいな温泉が常に出ている噴き出し口にこごんで、ピシャピシャと音立てて顔を洗うフトドキなバーサン。それを何十回もやって磨き上げている。

何回めかの夜、私はついに言った。

「あなたの顔を洗った汚れたお湯が湯舟のお湯に混って他の人たちが温まるのよ。きれいなお湯を洗面器に汲んで、洗い場で洗えばいいでしょう。皆のお風呂なんだから」

彼女はニコニコ笑っただけ。うるせえ婆あと思ったな、自称外国帰りのバーサンに遅い時間に来なくなった。

優先席は禁止席?

実は私もはじめのころ、年輩者に洗い場でご注意を受けた。鏡のついた洗い場が3つずつ×4カ所あって、入り口近くの3つは大きい腰掛けつき。3つの各鏡の上には「優先席」と赤字のパネルが張ってある。既述したように私は遅い時間に入浴するので、混んでいる日でも3、4人くらいだが、白髪のバーサンが寄ってきた。

「ちょっと、あなた。この席はからだの悪い人がヘルパーさんに洗っていただく優先席ですよ」

「はい、そういうかたがいらしたらすぐ替わりますよ。いまはいらっしゃらないので私が使っています」

「でもね、ここは空けておかなければいけないお席なのよ」

「優先席の字の下にプライオリティって書いてあるでしょ。プライオリティは禁止ではなく、優先的に使う人もいますという断りよ。入浴時間全部空けておけという意味ではない。第一、こんなに遅くヘルパーさんに入浴させてもらう人がいるの？」

イチャモンつけるならちゃんとやれ、とは言わなかったが、何か言わないと気が済まない元教師のバーサン。ちょいと押し返すと首を引っこめる亀バーサンか姑根性か。この類いは思ったより少ない。人間ができているとか悟りを開いたとかいうのではなくて、噂に尾ひれをつけて楽しんでも、すぐに忘れてしまうんじゃなかろうか。たぶん。

私は膝を折ってタイルに座ったり、和式トイレにしゃがんだりするのが苦手なため、大きめの腰掛けでからだを洗える風呂が何よりだ。そう思って腰掛けを愛用し続けたら、いつの間にか6個に増えていた。もしかして他の人も優先席を禁止席と本気で勘違いしていたのか、ナ？

かつて、高卒後に就職した日本橋の商事会社で、労働条件の中に女子の生理休暇が明記されているのを発見した。新入社員は1年間休暇がないため、私はおそるおそる生理休暇を申し出てみると、あっさり許可された。

ところが、女子の誰も取ったことがない生理休暇のため、社内は話題沸騰した。社員食堂でもトイレでも男女の社員にジロジロ見られた。まるで女性には月経があることを知らなかったような、男のセクハラやパワハラ（当時はそんなコトバもなかった）の集中攻撃を浴びたが、私は意地で毎月1回の生理休暇を取り続けた。

そのうちに、私に性的なモラルがないかのように悪口を言っていた女性社員らが、当然のような顔をして生理休暇を取り始めたのだ。あの嵐は何だったんだろう――世の中の右も左も分からない19歳の私は混乱しまくった。

結局80歳のいまも同じように生きている。もう混乱はしないが、老いて熱海の山の上で世捨て人のように静かに暮らしたいと思ったのに、他の年寄りのように見たものを見なかったとし、聞いたことを聞こえなかったとし、言いたいことにも口をつぐんで、悟りを開いたような「大人」にはなれない。

「大人」になるメリットは、それがラクな生きかただからだ。別に誰に頼まれたのでもなく、にくまれ役を買って出たって何の得にもならない。そうだ、私も今日から「大人」になればいいんだ。そう決意して風呂に行く。だが汚ない！　自分の手拭いを湯舟に入れるのはキタナイんだよ！

１００歳の寿命じゃ足りない

当館で三度の食事を作ってもらうのもうれしいが、もうひとつうれしくてたまらないのが洗濯場と乾燥室のサービス。雨が降るや否や、駅やスーパーから全力疾走して洗濯物を取りこんだ日が嘘のような、洗濯場にずらりと並んだマシーンと向かい側の乾燥室は、夢に見たクリーニング作業場の態勢だった。

喜んでいる割に利用回数が少ないのは独り暮らしになったためで、家族の洗濯物を追われるようにして何本もの干し竿に広げていた昔が恋しい。当時は、こんなことをいつまでやらなくてはならないんだと葛藤していたが、どんなに忙しくても要介護の母の汚れ物は待ったなしだった。雨の日は浴室の天井に渡した綱に干し、アイロンで仕上げていたが、娘が渡米して結婚すると、私はアメリカのダイナミックな家事マシーンに仰天したものだ。

いまは自分の物だけで急ぐこともないため、混んでいる朝を避けて夕方や夜に行くと、ガランとした乾燥室に滅多に会えない「リゾート」派のQさんがいたりして。

私が彼女を特別視したのは全く勝手な当方の都合で、生涯学習の「エッセー教室」の時間に「話しかた教室」もやってほしいと、にわかに受講生に言われたためだ。つまり書くことと話すことを対比させることで、認知症予防のための刺激を多角的に得たいトカナントカ、実に欲ばりな思いつきを彼女たちに要求されて悩んでいた。

書きかたも話しかたも学んだような学ばなかったような、いい加減な私の雑学の一部だが、双方を対比させるという発想が新鮮だった。案外「瓢箪からこま」の面白いひとときになるかもしれない。エッセーだけだと私は立ちっぱなしで汗かいて話しているのに、受講生は座したまま勝手なことを言う。数分間でも皆の前に立って話をすることで、「自己主張のトレーニング」になることを思い出した。

エッセーは作品の朗読だけで、書くのは宿題だから時間に問題はない。よし、やろう、やるぜ、と掛け声ばかりでこの本の執筆にのめり込んでいると、Qさんとバッタリ会ったのだ。人の暮らしを根ほり葉ほり聞けないが、彼女が話す概要をかたどると国内外に家族がいて、幅広い交友関係を思わせるオープンマインドの話ぶりが魅力的だった。彼女は顔の表情だけでなく、全身で人の話を聴く聞き上手のコミュニケーション能力がすごい。神奈川・秦野にも日本のモノサシで測れないよく似た友人がいたが、退職と同時に夫と子どもと共に外国に移住してしまった。

「しばらくね。ずっとお元気だった?」

さすがQさんは話かけが早い。

「それは私のセリフよ。お帰りなさいもまだよね。お元気そうで何より」

そうだ。今日のわが家のビッグニュースを彼女に聞いてもらおう。

「うちの孫の話で悪いんだけど、今日の娘からの電話でうれしくて抱えきれないの。聞いてくれる？」

「何よ、何よ、聞かせて」

「エリックの絵がね、95ドルで初めて売れたんだって」

「まあ、おめでとう！　絵の才能が開き出したのね。すごいじゃない？」

「娘に言わせると、トイレの落書きみたいだってさ」

「ワハハハ。エリックの個性でしょう」

孫息子は※学校の後、３時ごろからアートの学校「クリエイティブ・グロウス」で週２回自由画を描いている。数人の先生は聞けば教えてくれるが、油、水彩、クロッキーなどで自分の描きたいものを描き、指導はない。名画の模写に取り組む青年もいれば、彫刻や粘土に夢中な若い女性もいる。

バークレーで独り暮らしのリッチな画家のおばあさんが、生前から障がい児・者を対象に自宅を絵画塾にしていたそうだ。彼女が亡くなった後、現在の工房に移し、21歳以上は無料（20歳以下は1回10ドル）で毎日通う人もいる。運営には国・自治体の補助金と個人・団体の寄付金を充て、障がい者センターが主催。

19歳から毎日黙々と絵を描き続けたある青年は、40歳で世界的に有名なアーチストになったというから、アメリカの人間を育てる時間とカネのかけかたにはうなってしまう。もちろん画家だけでなく、各界の人材育成すべてにおいてと言っても過言ではないようだ。その一方で女性に対する「ガラスの天井」（見えるのに行けない）があるのもまた事実である。

工房の作品は年数回の展示会があり、各々に価格をつけて展示すると、篤志家らが購入して才能を育ててくれるという。そういえば以前サンフランシスコのゲイのカップルと知りあったが、ふたりのスタジオを見せてもらうと、絵画やモビールやレリーフが大きな空間いっぱいに飾られていて、優雅な制作態勢はすべて篤志家によって可能になると話してくれた。

Qさんはわがことのように喜びを顔いっぱいに滲ませて、エリックの未来像の夢を描く。

「いいわねえ。おばあちゃんの生きる楽しみがまたひとつ増えたじゃないの。そのうちビッグなアーチストになるかもよ」

「ありがとう。よその孫をそんなに励ましてくれてうれしいわ。でもひとつ困った問題があるのよ」

「なに？　どんな問題？」

「彼がビッグになるのを見守るには100歳じゃ足りないでしょ。150歳くらいまで生きなくちゃあ」

ワーハハ、ワハハとバーサンズの爆笑の熱気だけで洗濯物が乾いてしまいそう……。

※バークレー市では高校卒業後、障がい生徒に4つのチョイスがある。①ACAT（エイキャット）、エリックが入学した学校という建物がない自由校。毎朝カフェで先生と生徒がスケジュールを立て、旅行、映画何でもOK。全米で初の試み②卒業した高校で22歳まで学べる③カレッジに行く④家にいる（富裕層）。

認知症〝的〟ア・ラ・カルト

私の前住地、練馬区の大泉地区は、ちょっと入るとキャベツ畑が延々と続く。かつては練馬大根の名産地だった畑を、ヒョロヒョロと歩いているおばあさんに私が声をかけた。

「もしもし、どちらへいらっしゃるの？」

「……」

「お名前、聞いてもいいですか」

「お母さんです」

「ダンナサンのお名前は？」

「お父さんです」

「町の名前、分かりますか」

「6丁目マチです」

西武池袋線の大泉学園駅までタクシーで来て、駅前交番におばあさんをお願いしたっけ。


某特別養護老人ホームへ、1カ月間ショートステイで母を預ってもらえないか話を聞きに行った日。面談室にときどき入所者が入ってきては、バチンと戸を閉めていく。

「ここに軽度の認知症のかたをお預かりしているんですが、ちょっと歩くと自分の部屋に帰れなくなる人もいるんです」と職員サン。

「昨日は、男性の部屋に入ったかたがいて大騒ぎになったんですよ。『何やってんだ。オレのベッドだ』と男性が怒って入っていくと、寝ていた女性が布団をパッと開いて『さあ、いらっしゃいよ』ですって。ときどきあるんですよ、悪気のない間違いが」


某高齢者協会に講演の打ち合わせに出かけた日。女性会長は恰幅のいい、いかにもやり手といったエネルギッシュな人だ。

「お名刺いただいたかしら」と会長。

「先ほどご挨拶のときに差し上げ上げましたけど」

「あら、それは失礼。そうすると当日、こちらで用意するものはありませんね。そうだ、お名刺ください」

「ですから先ほど差し上げましたってば」

「えっ、そうでした？　お茶のお替わりいかがですか。いやだわ、私。まだお名刺もいただいてなくて」

（さあ、持ってけ、ドロボー）


福島・郡山から姪が上京し、久しぶりに寄ってくれた。福島は私の母のふる里である。

「皆さんお変わりない？」

「みんな長生きするようになって、町内中年寄りばっかりよ。父方のおばあちゃん、98歳でやっとネタキリロージンになってホッとしたわ。とにかくどこへでも歩いていってしまって、お巡りさんも心得ていて一緒に帰ろうと言うと、私はボケ老人じゃない、散歩してるんだから放っておいて、と怒るんだって」

「しっかりしているんじゃないの？」

「それが困るのよ。ご飯食べたこともトイレに行ったことも忘れるくせに、私はボケてないが口癖の認知症って本当に困っちゃう」

「今日、駅前の通りでね、財布を失くして家に帰れないので電車賃ください、っておばあさんに言われたの。一緒に交番に行きましょうと言うと、どうしても嫌だと泣きそうなので、おうちはどこですかと聞いたら、練馬駅の近くなので500円で帰れるって言う。気をつけてお帰りくださいと1000円あげたわ。切符を買ってあげるべきだったかな？」

と娘に話すと、大笑いされた。

「その人、ボケばあさんで有名なのよ。保育学院では知らない人にいないわ。おうちに大泉のこのへんらしいけど、今日はママが引っかかったか。そんなに年寄りでもないらしいよ」

ただいまホヤホヤの認知症序曲。

私が熱海駅前の歯医者さんの受付に診察券を出すと、

「これは昨日の予約ですよ」

「えっ、水曜日の10時でしょう？」

「今日は木曜日です」

「まさか。（ガーン！）」

「カレンダーに書いておかないんですか」

「特大カレンダーに記入して、今日は水曜日だと思ったから確信を持って来たんです」

どうしようもない。日時と曜日を勘違いするようになった。携帯電話はどこに入ってるのか音が鳴らないと分からない。もうじきご飯を食べたことも忘れるようになるのかも。数年後、５人に１人が認知症になるって。乗り遅れないようにしなければ。（何を？・）。

やっと病院へ行った元カメラ店のおじいさんが、ブリブリ怒りながら帰ってきた。

「何があったの？」

「チキショー。オレを年寄り扱いしやがって！」

では、私も。パスポートの更新に熱海市役所へ行くと、若い女性職員が応対。申請用紙の記入で「ここは名前だけでいいんですか」と聞くと、「うん、そう」。「ここは西暦でいいですか」

「ううん、ダメ」

「何よ、その言葉遣いは。年配者に対するリスペクトを研修で習わないの？　何よりも客と公僕の違いをわきまえるべきでしょう」

（チキショー、オレを友だち扱いしやがって！）

同日。同役所。固定資産税の支払いの件で尋ねると、中年女性が親しみを込めながら押さえるところは押さえてパーフェクト。まではよかったが——。

「ええっ、80歳？　とても見えませんよ。まだまだ90歳も１００歳も楽勝ですよ。私の祖母は85歳だけど本当に老けこんじゃって…」

「ストップ。85歳が内面的にどれだけ自立しているか否か、分からない人と比較されるのは不愉快よ。それに若いと言えば喜ぶと思う過剰ヨイショは侮辱です。あなたの若さの、上から目線でオチョクルのを翻訳すると、婆あにしては元気じゃない、ダロ？」

（チキショー、オレを婆あ扱いしやがって！　パスポートも固定資産税も病院も、私とカメラ店のおじいさんの「チキショー」は分からないだろう、ナ。人間の尊厳を傷つけられたのだ。年寄りの前に人間なのだよ。もっと普通の言葉で対等に向きあえないのか）

（えっ、どこが認知症的なのかって？　もちろん、彼ら若中年ですよ。おかしいよ、ホントに）

　娘の里帰りに神奈川・平塚のショッピングセンターへ。私と孫娘が中央ロビーで休憩していると、上品そうな老女が近づいてきて、孫娘の頭上にいきなりガツンと鉄拳を振るった。隣に座しながら孫を守れなかった私は、「何するの！」と言いざま老女を羽交い締め。

「靴」と老女は言った。サンダルを履いた孫娘が右足の踵をシートの端にかけ、膝を抱えていた。内臓が膝に圧迫され、孫が落ち着けるポーズだ。

「言葉で言いなさいよ。この娘は自閉症よ。いきなり殴るのは障がい児虐待でしょう」

私の大声に老女は夫を促して逃げた。戻ってきた娘と孫息子に「テロ」に遭ったと告げた。

「抗議しないで警察を呼べばいいのよ」

日米の危機管理意識の違いがモロに出た瞬間だった。米国なら逮捕されたかも。

後日、「認知症の人は暴力を振るう」との記事を見つけた。


その数日後、食堂に行くのに施設は障がい者が多いからいいだろうと孫娘を伴った。孫娘はシートに踵をかけて膝を抱えると、元教師のバーサンがさっそく注意してくる。私がわけを話しても聞かない。「シートが汚れるでしょう！」

私はタオルで汚れてもいないシートを全部拭いた。

彼女が車椅子になったら「邪魔だから立って歩け」と言えば、少しは分かるかな？　見た目に分からない障がいの悲劇、ではある。

発達障がいのひとつ、アスペルガー・シンドロームの人たちがそのまま老いて、認知症とドッキングしたか否かは不明だが、各地、各界でオサワガセの元凶になっているようだ。

とにかく元気で口が立つ、傍若無人だが社交的となると老人像として悪くないが、場の空気が読めない、発言に責任を持たない（言ったことをすぐ忘れる?）、チョー頑固となると、人間関係はもとより会議泣かせとなる。

私も最近某グループを取材した際、中心的大年増がひとりでしゃべり、他の女性らは黙って聞き役。私が他の人にふると話してくれるが、それもすぐ引き取る女親分。自分が世界の中心にいないと承知しないアスペ婆と分かり、念のため生原稿を送ると、インタビューのハイライトがすべて彼女の作り話だった。

拙稿を見せずに管理組合の金銭の抗争を本書に載せたら、アスペ婆に理事長に訴えられるだろうに、自分の言葉の行く末も想像できない高学歴ってどんな知性？　コワい。

どこの世界にも複数のアスペ男女がいて、東京の某役所では東大出の女性上司が会議は荒らすわ、部下の言葉を一々曲げて取るわで、私の知人の部下が泣いていたっけ。

私の施設でも私が知るかぎり４人いるが、まあ人の集まるところはどこでもカネやモノがなくなった、あげく本人が通報したと大騒ぎになるらしい。たぶんご本人は早々と忘れてしまうだろうが。

では、どうしたらいいのかとなると、アスペルガーは障がいなのでどうしようもない。早期発見、早期療育が完備している国ならば、幼児期からの訓練で協調性や社会性が身につくが、日本では精神科やカウンセリングがまだまだ一般化してない。

特に現老人はほったらかしで来てしまったため、頑固な気性は人をいじめて泣かしても、注意や叱責を受け付けない。そこに何が起こったのか、自分が何をしたのか、状況を理解するのが難しいようだ。

つまり老いたアスペ男女を治したり変えたりはでき難いため、周囲の人々が発達障がいの勉強をしたり、本人の不満をパニックにさせないために受容的態度で共生するしかない。

アスペといっても各々に個性の違いがあるので、その人に応じたフィードバックを見つけることが肝心と考える。〝困った個性〟を〝愛すべき個性〟にするには、自他共の歩み寄りが必要という当たり前のヒューマン・リレーションではある。自戒をこめて。

Part3　からだが壊れて見えてきたこと

〝ケビョウ〟の恐怖

「さあ、おいで」

夜中のトイレを済ませると、ベッドが両手を広げて呼んでいる。私はいつものようにベッドの裾に小走りして、布団の上にダイブした。そのまま掛布団の上を枕まですべり、両脚をまるめて布団の中にもぐり込む――はずだった。

が、もんどり打ってベッドの側面に上向きに落ち、ベッドとクローゼットの60センチの隙間に挟まれてしまう。からだを起こそうとすると激痛が走る。ナースコールは2メートル離れた窓際にぶら下がっている。身動きならないときは何の役にも立たないことを初めて知った。

ベッドのサイドテーブルに携帯電話があるものの、私が落ちたほうの反対側では救急車も呼べない。朝まで上向きにじっとしていれば誰かが入ってくる、施設の大部屋か病院のような助け舟もない。大声で呼んでも廊下には聞こえない。

自助努力という暗黙の了解で成り立つ個室制の共同施設は（「ケアハウス」と銘打っているため信じてしまうと）、明日どうなるか分からない老いの身を預ける終の住み処としては、まことに恐ろしい危険と隣り合わせの日常なのだとやっと分かる。

契約時に経営側と緊急時の確認をしたはずだった。経営側は入居者の非常事態において、独り暮らしの入院や死亡時のかかりのため50万円預かります、何ごともなかったら出るときに返しますと言うが、実際は死亡後も毎月管理費などを払わせるための人質ならぬ金質なのだ。個室という不動産を持ったままうっかり死ねないのは、昨今の古住宅やアパートなど買う人はいないからだ。それなのに経営側の緊急とはカネを取る話ばかり。

さて、契約時に私は独り暮らしの不安や不便さを一応確認したが、24時間ナースがひとりは常住しています、ナースコールが各部屋にあります、食事を取りにこないときは部屋に確認してから廃棄します、などとサービス態勢を並べられると、病んだことのない想像力の貧しさで安心してしまっていた。

例えば部屋に確認というのは、（それまでは）合鍵を持って部屋に来るわけではなく、フロントからの直通電話を耳が痛いほど鳴らし、食事を取りにくるオカモチが出てませんよ、という催促のことで、電話に出なければ不在とみなされてしまう（後述するナースへの直撃インタビューで、このへんは私の誤解や認識不足もある)。

私がベッドから落ちた11月の末、はたして何日後にドアを開けて誰かがのぞいてくれただろう。背骨でも折っていたら激痛で気を失っていただろうし、山の上の寒さで凍死したかもしれない。発見されたときはたれ流しのびしょ濡れで、尊厳死とはほど遠い無惨な状態だったろう。

この少し前、同じような事故が起こっていた。Uさんが部屋で転んで倒れたのが深夜の1時、ナースが来たのが午後3時、つまり14時間もそのままの状態の後、救急車で病院へ運ばれて助かった。

これはずいぶん噂になったらしいが、私の事故を口実にしてナースを直撃してみた。ナースの言い分を知るいい機会だ。

「私たちは毎日安否確認をしていますよ。朝食を取りに来なかったらすぐお部屋に確認に行ってます。Uさんの発見が遅れたのは夕食しか申し込んでないためです。門野さんの事故の日は朝食を取りに来ましたよね」

三食食事を食堂で食す、あるいはオカモチで運んで自室で食す、あるいは夕食だけ食堂であとは自炊、そして三食とも自炊といったように皆バラバラだが、ナースと職員は安否のバロメーターの1つとしているのは確かだ。が、少々歯がゆい。

北欧各国の施設では、水が1日中出ていない部屋に訪問したり、部屋で倒れたら倒れたまま手首のブレスレットでセンターと話ができたりするようになっている。欧米先進国とも同じようなシステムだろう。私が取材で見せてもらったのは北欧3カ国だけだが、シングル2LDK、ペア3LDKの料金は無料だった。

「門野さんは朝食を取りに来たので安否確認に行かなかったんです。もし来なかったら朝食の段階でお部屋に行きましたよ」

無届けで食事を取りに行けない日などしょっちゅうある。特に夕食は外出すると5時に熱海帰宅は無理で、翌朝のためにオカモチを食堂に取りに行くと、6時台ならまだ職員が後片付けをしていて私の食事は無事なことが多い。「取りに来なかったから安否確認に行きましたよ」とは職員にもナースにも言われたことはない。

さて、事故の朝もそれ以降も食事を取りに行ったのは、ちょうど帰国していた娘だった。本当に間がよかった。私は落ちた瞬間大声で娘を起こし、〝溝〟からベッドに引き上げてもらい、介護福祉士の娘は骨が折れてないかあちこち調べた後、常備薬箱から湿布を出して貼った。手当てが早かったせいか、娘たちが帰米した数日後には起きられるようになった。怪我か病気か分からないから縮めて〝ケビョウ〟と言います、と皆を笑わせる。

骨粗鬆症の仲間入り

それにしても出産以来の痛さを味わった。たかが背中の筋肉の打ち身なのに、一挙手一投足に激痛が走り、からだのすべてが繋がっていることを自覚する初々しさよ。

80歳の節目を迎えて、これは注意しろよとの戒めだと考えることにした。タクシーのドライバーに病院へ運んでもらう際に話すと、「そのくらいで済んでよかったですよ。たいだいのかたは部屋の中の事故で寝たきりになったり、入院したりするんですよ」と言う。

友人らに電話で話すと、反応は同じだった。

「何でベッドに飛び込むのよ」

本書パート7に登場するマユミだけが、苦痛の共感からか、胃薬を飲んで貼る強い湿布をドサンと送ってくれた。

そのころ老人問題の講演があったので、「皆さん、ベッドに入るときは静かに入りましょう」と、文字通りからだを張って笑わせたりして。

ちょうどいい機会だと麓の大きな病院へ行き、整形外科で打ち身を診てもらいがてら、初めて骨粗鬆症を検査した。練馬区在住のころ、近所の開業医や保健所には骨密度を測る機械がなかったため、これだけ動いているのだからたぶん結果は大丈夫との過信は見事に裏切られた。

私と同年齢の骨密度平均値と比べると89％しかなく、成人若年者の平均値と比べると47％に相当だと。成人若年層の平均値の80％以上の方は、骨密度は正常です、ときたもんだ。

何と胡散臭い測りかただろう。なぜ成人若年層と年寄りを対比させるのか。そこにどんな意味があるのか。狙い、なら分かる。若者の数値で年寄りをドキンとさせるのは、カネ儲けのため中年以降を病院に呼び寄せるためだろう。美容業界と軌を一にして、若くて健康で美しいのがネウチがある、という脅しのために、機械の数値を使って信ぴょう性を高めるのだ。

女が妊娠して、私はふたりの胎児に、からだ中の骨、歯など遠慮なく吸収されまくった。まあでも、子どもに許可を得ずにつくったのだからしょうがないと思い、文字通りに骨身を削って丈夫に育てよとの、涙ぐましい母心の成れの果てが骨粗鬆症である。老いて骨の劣化が進んで当然の女のからだだから、国に感謝されこそすれ脅される筋合いはない。

したがって妊娠・出産もしてない若年層と比べたってしょうがないだろう。高い骨密度を誇る若年層に向かって、妊娠・出産すれば骨も歯もボロボロになりますよと喧伝して、日本の少子化に拍車をかけるのがせいぜいの検査システムか。何を考えてるんだ、厚労省よ、と言いたくもなる。別に私は女は子どもを産むべきだとは考えていない。女のからだ・性に関しては、すべて女自身に自己決定権があることをお忘れなく。

それこそ厚労省は、60歳以上の骨密度の平均値を年齢別に示し、この年齢の数値では食事と運動をふつうに心がければ大丈夫、この数値では食事でカルシウム強化を、この数値では病院へ行って医薬品の摂取を、などと脅さず親切に老化の目安を表示すべきだろうに。

で、私は久方ぶりの病院で、骨粗鬆症治療薬とビタミンD剤を出され、指示通りにその日から飲んだ。すると翌日から食欲がなくなり、両目にかすみがかかり、どんどん病気になっていく。それでも薬はちゃんと飲み、医薬による壊されかたを観察した。

2週間後の再診でどうでしたかとドクターに聞かれ、「私は怪我をして来院しましたのに、怪我はとうに治ったのにホンモノの病人になりそうです」と症状を語った。

すると、若めのドクター曰く、

「目のかすみはどうしてか分かりませんが、ゼリー状の治療薬に食欲がなくなるんです。では、やめましょう」

(えっ、私のからだをいじめただけで、何の役にも立っていないじゃないか。来なければよかった)

「1週間後に薬をやめてどうなったか報告に来てください」

(薬を飲んで病気になったんだから、やめればよくなるにきまっているだろうが)

かくしてウン十年ぶりのお医者さんごっこは、茶番のままに幕を閉じた。いや、まだ幕も開いてなかったような。

施設での尊厳死とは

ナースとの話に戻るが、私は低姿勢で言った。

「そういうわけで、もしも私がひとりだったらの話で申し訳ないんだけど、次回はひとりの可能性が大きいから確認しているの。決して責めに来たんじゃないのよ」

「職業柄たくさんの臨終を見てきたけど、倒れたままたれ流しで亡くなる人だって少なくないし、病院で談笑していた人が30分後にのどを詰まらせて死ぬこともあるのよ。館内の人たちを常に見張ってるのは不可能でしょう。でもお部屋に見に行ったときは倒れてないかトイレの中まで調べますよ」

転倒事故の６割は自室の中だそうな。そのためフロントからの確認の電話に出なければ、マスターキーを持った職員と２人で部屋まで確認に行くし、毎日記録簿をつけチェックは怠らない。ナースコールがかかれば夜中でも駆けつけるが、誤報でももちろん行く。

「ここは介護施設じゃないので、私たちの仕事は緊急時の対応と安否確認、それに健康相談や医療機関の案内ですね。ケアハウスはサービスつき（食事、ゴミ捨てなど生活面の）高齢者住宅です。入所の条件は、自立して生活できる人ですよね。ここができた当初は60代の自立した若い高齢者が大勢入所してきましたが、30年前後経って当然ですが皆さん老い病んで、医療・

介護の問題がメインになりました」

ナースはたんたんと施設での仕事の範疇を説明しながら、看る側と看られる側の齟齬を呈示する。

特別養護老人ホームや病院ならば、日々のスケジュールがきっちり管理されているが、ここの入所者はそれは嫌だからと「自由」を買ったケアハウスであることは確かだ。が、ひとたびからだが不自由になるとより多くの「管理」(介護・世話)を求める傾向は否めない。つまり「自由」と「管理」のかねあい＝バランスの自覚が各人に求められるのだが、病んだときは気が弱くなりがちなので難しい自覚を迫られる。

一方ナースのほうは仕事柄努力にしていても、事故は突発的なもののため防ぐのは難しい、と。いずれにせよ生命に関する仕事の厳しさに例外はないだろうが、「自由」のあるふだんの暮らしの中にナースがいる安心感は大きいと思う。

「私は契約時に、ここで死んでいけますか、と聞いたの。救急車で運ばれて病院で死ぬのも含めてOKだったので入所を決めたけれど、尊厳死についてナースのご意見を聞かせて」

「延命措置をどうするかについては、本人の意思表示をしておいてもらえれば、私が医師に伝えます。なければ家族や残った人が決めればいいことで、ナースには決定権がない。緊急時にはナースが応対しますけど、長期の要介護になった場合は家族か派遣ヘルパーについてもらいます。尊厳死というのは、病院でならばチューブを入れるのを減らすとか、管をいつ抜くとか、医師が決めることですよ」

「それは本当の尊厳死ではなく、日本が遅れているだけ。人間の尊厳はすべての人に保障された侵されざる領域で、人間らしく死にたいという願いは権利ですよ。日本ではそれを認めず法制化しないため、名古屋の医師が病人か家族に懇願されて管を抜き、有罪になったケースがあったでしょう」

最近観たフランス映画に『92歳のパリジェンヌ』がある。いよいよ寝たきりになる老母が娘たちを説得して、自殺幇助罪に問われないよう自分から遠ざけて、薬を飲んで静かに逝く話だ。哀しく深く、しかし爽やかな尊厳死。

「死ぬ権利」を国法で定めたオランダが近くにあるだけに、フランス人は羨望を抱く人が多いのかも。アメリカはカリフォルニアの北にあるオレゴン州に同じ法律が定めてあるという。どこの国でもよりよく生きた人は、己の死を視座に入れたいさぎよい晩年があるというが、旅立つ日時・場所まで自己決定できてこそ、私の生と死、私のいのちの実感があると考える。

ナースはいい問題提起をしてくれた。

「日本に〝尊厳死協会〟があるでしょう。私が困ってしまうのは、入所者がその会の会員証を持ってきて〝ここの会員ですからよろしくお願いします〟と言われることよ。私とその会とは何の関係もないので、ご意向をお預かりしてお伝えします、としか言えない。入所者さんのファイルに手紙を一緒にしておくの」

湿布を貼ってくださる？

このケビョウ事故に関してはもうひとつエピソードがある。背中を打ちつけてから5日後に娘たちが帰米し、私はひとりで入浴に行った。閉業1時間前の風呂には入所者が1人だけで、私はまだ痛むからだをソロリソロリと湯舟に運び、先客Pさんに挨拶する。80代半ばのPさんとはごくふつうの入所者同士の関係で、彼女は先に出て脱衣所へ消えた。

私も脱衣所へ上がっていくと、Pさんは着衣を終えて長椅子で涼んでいた。

「お孫さん、もう帰ったの？」

「まあ、恐れ入ります。今朝、帰りました。お騒がせしましたね」

「そう、寂しくなるわねえ」

こういう大人の会話が老いて私にもできるようになった、とおかしくてたまらない。ここの私の挨拶は「オッス」から「ごきげんよう」まで幅が広いが、ふつうは朝、昼、晩のご挨拶でお茶を濁す。

今宵はPさんに私のウイークポイントを突かれた。孫のことを聞かれるとその人がとてもいい人に思えて、仲よくなりたいと心がぬくぬくしてくる。私の孫話は発達障がいの啓発活動になるので、小さなチャンスも逃さずに〝障がい児の個性〟について話させてもらうことが多い。

Ｐさんにも初めて親しみを覚えたが、互いに湯冷めするといけないから、〝天使〟たちの概略にとどめた。そして彼女が座す前に立ってくるりと背中を向け、「悪いけど湿布を貼ってくださる？」と手のとどき難い側だけ湿布の端を止めてもらおうとした。

Ｐさんは気安く応じながら、「あなたでも故障するのね」と湿布の上に手を置き、「はい、終わり」と言いざま湿布の上からバシーンと叩いたのだ。

「イターイ！」

目から火が出るとはこのことだろう。脳天まで貫くような痛みに飛び上がり、背中に精いっぱい手を伸ばしてさすりながら涙を流した。

私は何でこんな目に遭わなければならないんだろう。私は彼女に何をしたというんだ。

「あーら、痛かった？」

彼女は謝りもせずにむくんだ唇を突き出し、背の低い小太りのからだを転がすようにして出て行った。私はショックで何も言えなかった。もし私にＰさんのカンにさわることがあるとしたら、私の背が高いことくらいだ。

いや、言えない何かがあるのだろう。私は入所者の事情に深入りしないが、私の家族？　仕事？　健康？　などでいまいましい思いをしている人がいるのかも。それなら私をはるかに超えているカネや資産、家族の既得権に守られている他のバーサンズにどうして絡んでいかないのか。

いや、いやや、そんな具体的問題ではないようだ。長寿国日本、死ぬに死ねない元気を持てあました（病気しても治っちゃうし）バーサンズが、澱《おり》がたまったような退屈の持って行き場がなく、スキを狙っているのかも。マサカではあるけれど。

食事運び代の波紋

実はケビョウになる1カ月前、私が朝から出かけた日に入所者の集会があった。当時インフルエンザが流行《はや》り、食堂にオカモチを取りに来られない重症者が数人いて、問題になったらしい。風呂場の脱衣所では毎晩この話で持ち切りだったが、猫の首に鈴をつけに行く人がいないのか、次回の会合を待っているのか、いま病んでいる人をどうするかの危機感がないため、私は自発的に手紙を書いた。宛て先は経営会社、管理組合、老後を楽しく過ごす会などだ。

小さな石ひとつ投げただけでも面白いことが次々と起こってくる（左記は手紙の要約）。

食事運び代についての嘆願書

門野晴子

この署名呼びかけは門野の個人的な発案によるものです。前回の会議を欠席した私は内容について詳細は知りませんが、風呂場などで皆さんから聞いたことを基に嘆願書を提出しようと判断しました。

話は簡単です。オカモチを食堂に取りに行けない事情の人に、食事運び代を1回につき３００円徴収するとのことで、１日で９００円、１月で2万７０００円、１年で32万４０００円を重病の人が負担しなければなりません。この収入は税務署に申告しなければいけないんじゃないでしょうか。

助けあいで運ぶと言った人に、「途中で食事に菌などが入ったら責任がとれるのか」と脅した人は、運び代が払えずに病人が餓死した場合に責任がとれるのでしょうか。「助けあい」にケチをつける前に、「ケアハウス」をうたった社会的責任を果たしてください。「検討する」となったそうですが、この件については何も決めないようにお願いします。検討案は最高の決議機関である管理組合の総会または臨時総会を開いて討議すべきです。

（以下略）

この嘆願書は会議参加者に公開されず、各役付きの間だけ回ったようだ。だいたいいつもひっそりこっそりしている傾向がある。

「老後を楽しく過ごす会」は某夫婦が作り、管理組合が支援している。介護保険の勉強などをしましょうとの呼びかけに私も初回に参加した。このときは食事運び代の件はまだなく、嘆願書提出後にまず右の夫婦の妻がイチャモンをつけてきた。

「運び代500円が高いって誰が言ってるの？　私の母が以前ここに入ってたときは500円払っていたわよ。門野さんは食事を取りに来れない病人に気の毒と言うけれど、母はどこも悪くなくて取りに行くのが面倒だと言って運んでもらったのよ」

「だから？　お母さんのワガママ論外を全部の病人に当てはめたいの？　以前のいつどこで誰が決めて、一回500円はどこへ入れたの？　税務署に申告した？　どうしてやめたの？　記録と裏付けを揃えて、総会でちゃんと説明しなさい。洗濯場の立ち話ですることじゃないでしょう。下手すると人のいのちに関わる問題なのよ」

翌日食堂でオカモチができるのを持つとき、今度は夫が絡んできた。かさのデカイ男が立ちはだかるだけで息苦しいと思っていたら、古株ゆえのアンタッチャブルがあるらしい。

「門野さんは弱者と言うけれど、病人が弱者とはかぎりませんよ」

ああ、まただ。私は彼夫婦の母が弱者だとは思ってもいないし、会ったこともない。

「何でこんなところで個人的に私と話すの？　些末な例外を挙げて、病んで本当に困っている人の問題をうやむやにしないでください。私の言いたいのは〝もっとも弱者となった病人から、弱みにつけ込んで搾取するなんて情けない。卑怯だ〟というものですよ」

「搾取するだなんて大げさな。運び代は3日間はタダなんだから」

「3日はタダって誰がどこで決めたの？　その3日は誰が運ぶの？　3日をタダで運べるなら、ひき続き4日以降も運べるじゃない。姥捨て山に親を捨てに行った時代も、おにぎりを持たせたというけれど、3日タダ論はおにぎりのつもりなの？　恵んでるみたいね」

「運び代は管理組合に入金するんだからいいでしょう」

「だからそれはいつどこで誰が決めたの？　総会にかける意味は発言内容を記録して、発言に責任を持つことでもあるのよ。管理組合の組合費が逼迫しているからと言うならば、組合費を値上げするべきで、病人からしぼり取るのはフェアじゃありません」

組合費が現入所者のためだけならば赤字のはずがない。収支決算書が分かり難い点については、場を改めたい。

では、風呂場の脱衣所ではどうなったか。500円取られたころを知ってる人が「300円なら安いからいいんじゃない」と言うと、「でも1日で900円よ」と応酬する人もいて相変わらず賑々しい。

金持ちそうな上品そうなバーサンが話を引き取った。

「そうですよね。1日900円はお高いと思うけど、600円だったら払ってもいいでしょう。それに消費税がついてちょうどいい額になりませんか」

おーい、消費税まで持ち出すな。アベがハグしてくれそうなすんごい愛国心だぜ。

とにかくシッチャカメッチャカの、300円が投げかけた波紋ではある。

そうかと思えば、「署名まだしないの？　待ってるのよ」とあっこここで呼び止める頼もしいGoingバーサンズも。

「お待たせしてごめんなさい。ちょっと様子を見ているところ。署名の数じゃなくて、動くならやるぞというパフォーマンスだから。要するに300円の搾取が始まらなければいいわけでしょ」

日米の富裕層の違い？

この件についての私見としては、自発的な助けあいで食事を運ぶ温かさは、お互いさまの理想図としても微笑ましいと思う。だが症状が長引いたら双方に負担になるし、食堂に行ける人も杖や歩行器で自分だけがやっとという人も多い。深く考えれば、善意の虚構という重い問題も内包している。

だから運び代を取ってビジネスライクにと考えたのだろうが、これはスジが違う。「ケアハウス」をうたった〝商い〟をしているんだから、経営者は従業員を使って食事を運ばせるのがスジってものだろう。労働者の余裕がなくて手が回らないのなら、社員を増やせばいいだけの話である。

問題は多々あるが、なるべく知らんふりしていれば入所者の相互努力で回っていく、というのが会社の方針かも。そのために空室が管理組合の協力で売れれば、何がしかのバック金を出している、と。で、管理組合は入所者のためだけの支出ならば黒字のはずだが、ケアハウスの建物に車椅子用のトイレ1つない。何をケアしているんだか。

だが組合には組合の悩みがあって、備品はすべて組合のモノのため、例えばロビーのカウチがボロボロになれば張り替えなければならない。その費用を組合費で賄うのが大変だと頭を抱える幹部を見ると、あの世へ逝くのに旅費はいらないんだから、ポンと寄付する人がいてもいいだろうにと思う。

私は米・バークレーのことしか知らないが、年末になるとふつうの市民が何千、何万ドルとカンパする。税金対策もあるだろうが、ジーザスを通して貧しい人を助けるため恩きせがましさがない。

金持ちが住む地域でも、夏休みに交代で障がい児のために自宅を開放する日は、冷蔵庫からベッドルームまでＯＫという徹底ぶり。庭にはプールや大型トランポリンなど家によって異なるが、大学生のボランティアがついている。

私も「本当にいいの?」と孫について行った家では、大きな食卓にピザや飲み物が山盛りで、２階から下りてきた軽装の夫婦が「近くでコンサートがあるので遅くなるわ。どうぞごゆっくり」と自転車で出ていったカッコよさ。金持ちはケチだから嫌い、という私の偏見はだいぶ改まった。

いや、違う。日本人は金持ちもそうでない人もケチか細かい人が多いと思う。やはりジーザスが見てないからか、釈迦の威力は〝分かち合い〟に説得力を持たず、困ってない年寄りもタンス預金に精を出す。質素に暮らしていたバアサンが亡くなったら、あちこちから現ナマが驚くほど出てきたという話はよくある。

で、年寄りのタンスのカネを使わせれば市場経済が動くと言うトンチンカン学者も。日本の大企業や大政治家の〝タンス預金〟を出させなければ話にならないが、ひとりで抱え込む国民性か、世界的名画を棺桶に入れて自分の死体と共に燃やせと言ったのも確か財閥だった。

しこうしてカウチの張り替えの費用にも悩む一方で、食事運び代１回３００円という発想が出てくる。賛否の意見はさまざまでいいけれど、自分がそうなった場合どうなのかという想像力が足りないように思う。カネを持ってる人の鼻息が荒らいのはしかたないとしても、この暗い時代、同じ館内でも毎月の支出にハラハラしている人がいるに違いないと思うのがふつうだろうに。

払えなくなった人はひっそりと消えていくのがここのやりかたらしいが、国民年金を主として暮らす私ゆえに人間の出来、不出来でなく、公私の値上げや搾取に敏感でいられるのはありがたい。わずかな貯金の底がついたら、もちろん堂々と生活保護を申請する。生活保護の受給者は海外旅行に行けないそうだが、孫に会いに行くのは海外旅行か家族の義務か否かで論争する日が楽しみだ。公開討論がいい。

さて、師走から渡米し、1月半ばに帰国した2018年。管理組合の女性理事に、食事の運び代はどうなった？　と聞いた。

「問題自体がどこかに消えちゃったのよね」

「なんで？」

「インフルエンザが治って、皆食事を自分で取りに来られるようになったから」

爆笑した。泰山鳴動鼠一匹である。

（孫のエリックの手紙をお口直しに載せたい）

バーバへ

おげんきですか
きょうはなにをたべましたか?
おかもち5Fにもっていきましたか?
ごちそうさまといいましたか?
ぼくはきょうピザをたべました
やまにいきました
せんたくものたたみました
もうすぐ春ですね
エリック

〝持病〟持ちになる

時間は飛ぶが、本書執筆も一応大詰めとなったころ、初夏にしては極端な真夏日と寒さが交互に襲い、頭痛が続いていた。風邪を引いたのだろうと葛根湯を飲み、頭痛も薄らいだような気になってはいたが。

私が病気になるはずがない。過日の打ち身は病気ではない。あれは事故だったのだ――。推敲を重ねながら、いま病気になったら大変だと元気なふりで自分をごまかす。思えば「病気をしたことがない」との見栄っぱりは、長年自分をあざむいてきただけのことかもしれない。医者や薬が嫌いなのは、治ってモトモトというやりがいのなさもある。

しかし不気味な頭痛が続く。思いきってナースの部屋を訪れ、血圧を測ってもらう。

「200以上ありますよ。危ないから外出は控えて昼間も寝てないとダメです」

中高年のころは血圧が低めだったため、タカをくくっていた。が、ナースの〝天の声〟のせいか急に頭痛が激しくなり、歩くと脚が震える。

折から息子が携帯のメールを送ってきた。私はこれが嫌いで、電報のような留守電を返す。

「私、壊れた。メール嫌い。レオ（甥の名前）は日大のアメフトじゃなかった？」

大学生がたったひとりで背水の陣をひき、パワハラを告発するのに、〝教育者〟たちの自己弁護とごまかしに終始する記者会見。そこにはスポーツ精神も「子どもの人権」の欠片も見えず、子どもたちを寄ってたかって食いものにしてきた大人のみっともなさがギラギラしている。

「オフクロ、壊れた」

息子が妹にメールを送ったか、娘がすぐさま電話してきて第一声。

「レオは日大じゃないよ」

すごいねえ。親が病人になったのに、この電気紙芝居の威力よ。次はヒデキの話題か。

「病院へ行った？　お薬飲んだ？　ママは塩分の取り過ぎだっていつも言ってるでしょ。野菜も果物も食べないし。あとで野菜ジュースと減塩醤油を送るから。お大事にね」

何だか娘がウキウキしているようだ。親が弱ったので、ソレミタコトカと留飲を下げたのかも。母と娘のライバル意識は永遠の別れを迎えるまで続くのか。私はとうに白旗を掲げているのに、彼女が絡んでくるのがうるさい。

驚いたことに、ナースがわざわざ私の部屋まで血圧を測りに来てくださって恐縮した。部屋を見だてら、だったかも。

「合鍵で入ってきたら倒れていたなんてことがあるかもしれないから」とナース。

「あ、そのときお願いがある。私の脈が完全に止まってから救急車を呼んでくださいね」

「いやだァ。自殺幇助になってしまう」

ワハハ、ワハハとすんごい話をしている。軽口のコミュニケーションでクライアントの願望や本音をそれとなく把握するのも、ナースの大切な仕事かもしれないと思う。

それにしても病身の自分が想像の問題ではなくて、実際に医薬の必要に迫られる身になってから、同じ屋根の下に専門家がいてくれる心強さを改めて噛みしめた。どんな状況にあろうと老いての自立は必要だが、その絶対条件に加えて手を伸ばせば応えてくれるナースの存在は、マンツーマンで24時間介護態勢に依存するよりも、人間らしい清々しさと強さを最期まで維持できる条件に思える。

80歳という大きな節目で、そんな覚悟ができてよかった。そうだ、ケアハウスの医療サービスというのは、人的なバリアフリーなのだと気がついた。手すりやエレベーター、段差のない居住空間、車椅子で入るトイレ・風呂など、それなくして老障がい者の生活はできないが、それらが食堂や病院へ連れていってくれるわけではない。それらのヘルプを借りて自分の欲求を満たすのは多くの場合自分自身である。

あと5年、あと10年、いのちが自然に朽ち果てるまでの貴い残り時間を抱きしめる。

Part4 踊る阿呆に観る阿呆

おー、TAKARAZUKA

静岡のエッセー講座へ出かける日。バッチリとメイクして昔の顔をやや取り戻し、この日は白のパンツスーツでインナーは赤がベースの「エルモ」（セサミストリートのモンスター）のTシャツを着た。孫娘と一緒にいるような楽しい気分になるために。

重い黒のカバンを肩に掛けてロビーに出て行くと、いつもあでやかな姉サンが大向こうから声をかける。妙に色っぽい大年増だ。

「門野さん、ダンディね。ステキッ」

「えっ、ダンディなの？　あたしゃ男か」

築地生まれの江戸っ子の姉サンも言う。

「あなたってタカラヅカの男役のように魅力的よ。ハツラツとしててオトコギがあるわ」

ほとんど女子高生のノリである。限定された囲いの中でのケアハウス劇場かと、涙が出るほど笑いつつ当館のケアバスに乗るが、ＪＲに乗るまで化粧が剥げてしまいそう。バスに乗り合わせた仲よしの〝お父さん〟に顔を向けて聞く。

「お化粧、剥げてない？」

「いいや、いつも美しく輝いてますよ」

何という世界だ。皆がふざけている。マトモではない。でもまあ、うつうつとしているよりバカを言って笑ってるほうがいいか。バカ笑いの頭上を北朝鮮のミサイルが飛んで行くんだもの、マトモでなんかいられないさ。

何という時代だ。

当館に来てうれしいことのひとつは、やっと堂々とタカラヅカの話ができることだ。私以外は東京を中心にした余裕のある家庭で育ち、タカラヅカなら心配ない、と親に許可されて「安全な娯楽」を楽しんだ元少女たち。

私は江戸っ子の父が歌舞伎の常連で、私を幼少時から歌舞伎、ＳＫＤ、タカラヅカと連れ歩いた。とんだ英才教育が道楽娘をつくったが、高校も会社でも当時は観る人も話す人も少なかった。

しかし私の雑学の基礎はタカラヅカから始まったものが多く、シェークスピアの作品、エコール・ド・パリなど絵画の知識、ニューヨーク・フィルなど音楽の世界、ブロードウェイ・ミュージカルやバレエの世界などなど、私の興味関心を海外に広げてくれた水先案内人だった。

面白い1例がある。私が高1の年にGHQがアーニー・パイル劇場を日本に返還し、東京宝塚劇場がオープンした。そのこけら落としに中国の古代劇『項羽と劉邦』が上演され、「本物の馬が2頭舞台に出演」とマスメディアを賑わした。戦後の私の家は貧乏人の子だくさんで常に貧しかったから、高校の奨学金でこっそり3階席から3回観た。当時はCDもDVDもないから、セリフも音楽もダンスも目を皿のようにして呑み込むしかなかった。

高2の国語の選択で漢文Ⅱをとると、ナント教科書全部が『項羽と劉邦』だ。期末テストは3学期ともオール100点。設問の漢字いくつかで舞台のどの場面か分かってしまう。平均点が30点台という人気のない課目で満点だから、漢文の年配教師に呼ばれた。

「お父さんは文学の学者か、その関係のお仕事ですか」

「いいえ、日本橋の爪楊枝《つまようじ》の老舗で大番頭をやっていますが、学も教養もありません。あるのは江戸っ子の粋だけです」

まさか奨学金でタカラヅカを観たとも言えず、中国の古代史が好きなんです、と答えた。

それが本当にそうなってしまい、OLになっても長与善郎の『項羽と劉邦』をはじめ、『三国志』などなどマンガから漢文まで読みあさった。

やがて『ベルサイユのばら』でタカラヅカが大ヒットしたころは、私は出産・育児に追い込まれ、おまけに元夫の転勤で岐阜市に住んでいたため、道楽から遠ざかった。

あの華やかな甘酸っぱい夢を共有する友は中学の同級生ただ1人だが、互いに結婚で疎遠になった。


それがケアハウスへ来てから、昔おしゃれな少女たちが有楽町界隈でさんざめいていた姿を彷彿とさせる、可愛いお婆あさんたちが幾人もいることに気づいた。昔話は得意な人ばかりだから、ロビーなどで同窓会のような賑わいを見せるときもある。

「私はひ孫も入れて女4代で観に行くから、ご贔屓は戦前から戦後までずーっといたわよ。門野さんはどなたのファン？」

「私は大御所、春日野八千代や神代錦よ。若手は寿美花代や淀かほるどまりかな」

「私はその後の若手で、大地真央や鳳蘭も観てるわよ。Bサンのご贔屓は誰？」

「私は葦原邦子や小夜福子ですよ」

「ウソー、あなた何時代に生まれたの？」

ギャー、ワーッとまるでジャニーズのファンクラブのような騒ぎに、認知症が寄りつきようもないだろう。

今日は今日の風が吹く。この元気を統括して相互扶助につなげていく手立てはないものか、と思うが、母の介護の後遺症からいまだ立ち直れない私がいる。

雀百まで踊り忘れず

私のお稽古歴は3歳まで遡る。

戦前は東京・浅草田中町といわれた下町に住み、昼間から三味の音が路地に響く粋筋の多い庶民の町と、ぼんやりと記憶している。

小さな髷を結った祖母が3歳になった私の手を引き、近くの坂東流の師匠に弟子入りさせた。冷たい板の間で、日本舞踊の傘などの小道具が木製の味気ないものを使わされ、女の師匠の号令だけで動かされた音のない世界。幼な児に楽しいはずがない。

それでもときには振り袖を着せられたり、師匠の三味線のライブで華やいだり、日比谷公会堂の小舞台で発表会があったりで、大人に押し付けられた舞の世界にしぶしぶ従っていた。

後年、母の故郷の福島県の山村で、農業の休憩時間に泥まみれの母が叔父、叔母らに話して笑う。

「もしあの戦争がなかったら、晴子はいまごろ左褄《ひだりづま》をとっていたと思うよ」

「こんな利かん坊が芸者になって男の機嫌がとれるかい」

叔父が否定すると、浅草に来たことがある叔母が説明する。

「違うんだ。ここのバーサンは昔は辰巳芸者だったんだ。喧嘩早くて、男なんか簡単にのしてしまう伝統だってよ」

母がぶ然として言う。

「そういう姑に私が田舎者、田舎者とどんなにいびられたか。日に日に晴子が姑に似てくるのでゾッとするときがあるんだって」

それなら何も期待せずに奴隷のようにこき使って放り出せばいいのに、母は元祖教育ママゴン。東京大空襲で焼け出された貧乏人の子だくさんは、赤貧から這い上がるには学問しかないと三男二女にムチをふるった。長女の私にだけは家事がノロい、グズだ、気が利かないと別のムチも毎日うなりを上げていたが。

戦時中の浅草に戻らせていただく。

敗戦の3年前、私が5歳くらいのときに父に召集令状が来た。報道管制が敷かれ、日本軍の連戦連勝が報じられ、都電は花電車に飾られて万歳万歳と日の丸の旗で埋め尽くされた。カーキ色の軍服を着た父は花電車と日の丸の旗にさらわれて行った。

箸より重い物を持てないひとりっ子の男に赤紙が来た、大変だ、日本は負ける——と子年《ねどし》の嗅覚で、母は福島に疎開する準備を始めた。翌年、日本舞踊の師匠が夜逃げして私の稽古事は終わったが、祖母が寝たきりになって疎開話は頓挫したらしい。当時の列車はすし詰めで窓から乗って窓から降りるから、病の年寄りなどとても乗せてもらえない。

落ち着かぬまま翌年、7歳で待乳山《まっちやま》国民学校の1年生に入学。学校内を案内されたのはいいが、子どもの度肝を抜いたのは地下に造られた巨大な防空壕だった。東京大空襲でこの防空壕に避難した人々は全員煙で窒息死したと聞かされた。後年、ナチのアウシュビッツ収容所でガスで窒息死したユダヤ人と重なった私。

父が出征前に掘ったらしいわが家の小さな防空壕は玄関の畳の下にあった。警戒警報が鳴りB29が飛んでくるようになると、いよいよ母は決心したのか姑を病院に預け、子ども3人を山村の兄弟の家に分けて預かってもらい、4番目の赤児を背中に浅草へとんぼ返りした。

大空襲で都電の大通りが炎の川となって流れる中、赤児をおぶった上に寝たきりの姑を背負い、阿鼻叫喚の火炎地獄を皆が風下に逃げるのに風上に逃げた母は、逞しい農家の娘でなければできないと感服した私だった。風下に逃げた江戸っ子の多くは、3月の冷たい隅田川で凍死したという。

母からときどき細切れに庶民の戦争被害について語ってもらったことを、やがてテレビの映像などで隙間を埋めつつ私も子どもたちに話してきた。そのせいか虐待した母を心底憎めなかったし、戦後ももんぺをはいて肉体労働の一生だった彼女に対し、罪悪感を抱き続けた。四方を山に囲まれた村で空襲の地獄絵を見ずに育った幸運を知らず、出口のない山々の鉄壁の圧迫感が息苦しく、この壁の向こうに東京があると泣き泣き暮らした子ども時代。三味の音と差す手引く手の冷たい板の稽古場が、いつしか二度と戻らぬ私の夢の世界に昇華していた。

「少国民」の間接的な戦争体験であるけれども、認知症などで記憶がなくなる前に書いておかなければと思うのは、私もいつ死出の旅に出るか分からない年齢に近づいたからだ。近代の15年戦争を直接間接に経験した人たちが、櫛の歯が欠けるように死に絶えようとしている現在、この愚かな国家の大犯罪を、後世に誰がどうやって語り伝えていけるのかと思うと、暗澹とする。

敗戦後半年ほどで父が中国から復員してきた。汚れたリュックサックから黒砂糖の塊が出てきたときは、こんな美味しい物が世の中にあるのだろうかと、むさぼるように食べた。げっそりと頬こけた父は何も語らず笑わず、うつ状態が続いていたのだと思う。いつまでも働かない父を母がののしると、やさ男の父が母に暴力をふるった。止めようと私がむしゃぶりついていくと、両親に押しつぶされたり、ふたりの鉄拳を食らったり。毎日が地獄だったが、10歳前後の私には阻止しようもなく、弟たちはただ泣いていた。

父は私には優しかった。東北の学校では当時綴りかた教室が盛んで、いつしか私は学校代表で作文の表状取りになっていた。当時の優勝の傾向は「戦争と平和」についての作文だったから、戦地のことを話してほしいと父にせがんだが、彼はガンとして語らなかった。

代わりに父は無意識に語っていたのだろう、夜中の夢で細く高く泣くような声でうなされていた。いつまでも続くうなり声に恐ろしくて私は声も出ず、布団の中で身を硬くして止むのを待っていた。8畳1間で7人家族の雑魚寝のため、恐怖から逃げようがなかった。

父の戦争後遺症は、69歳に前立腺ガンで逝くまで続いていたらしい。戦争の残酷さを表わして余りある1例だと私は思う。

戦地で発狂してしまったり、帰国しても精神病院で長年入院したあげく病死したり、という人も少なくないはずだ。優しい人ほど耐えられない状況であったことは想像に余りある。

片道1里（4キロ）の道のりをひと山越えて通学していたが、中学生になるとふた山越えねばならなかった。わら草履につぎの当たったボロ服で冬でも震えながら山越えしたのは、皆勤賞のノートと鉛筆をもらうためだった。

中学校では弁論大会が盛んになり、私は転校した学校でも学校代表の表状取りになった。福島県を3つに縦割りした海岸寄りの小名浜水産高等学校（後の東日本大震災の被災地）での弁論大会が開催されると、1～5位の入賞者が全員東京からの疎開っ子だったという笑えぬ話もある。

宮澤賢治に怒られるぞ。

父は畑仕事も力仕事もできずに母の身内に笑われて、山村からバスで1時間の海辺に近い、植田炭鉱のトロッコ運搬夫になった。ボタ山の平地に新築の長屋がずらりと建った様は子ども心にも壮観で、最後の炭鉱景気に、誰もが最後のとは思わずに沸いていた。

後年、某大学教授が日本のエネルギー問題の講演をした中で、右の炭鉱景気当時アジアの国々に行くと、道端で野菜を売る人々まで「日本は大変なことになりますね」と進行する石油への転換を知っていたが、日本国内では誰も知らなかったと振り返っていた。

さて、長屋の隣家は元旅役者の中年夫婦だった。真っ黒い顔で帰ってくる炭抗夫の夫が、年2回の炭鉱祭りの日は白塗りの二枚目となる。近くの常磐炭鉱などで働く昔の役者仲間を呼び集め、時代劇の出し物2作品の間に舞踊が入る、田舎の境内などを巡業するドサ回りの典型的旅興行。炭鉱にある公民館で上演した。

私が炭鉱長屋に来たときは小学校4、5年ごろだったが、父が旅役者に私の日本舞踊のことを話したのか、やがて炭鉱祭りの舞踊で座長と踊るようになった。長唄ならともかく、「勘太郎月夜唄」などの大衆路線である。白塗りや衣装は彼の妻が世話を焼き、期間限定の地域の少女スター誕生となった。

一方、小・中学校の運動会では妊娠中の女教師に代わって校庭中央前の演壇に私が立ち、全校生徒のダンスのリーダーを務めるようになる。そして、中学校代表の弁論大会では「反戦平和」を主張すれば優勝できた。バカバカしくも面白い三つ子の魂は、日本の石炭エネルギーの終焉と共に幕をおろすことになる。

炭鉱の閉鎖が決まり、抗夫たちは仕事を探して次々と去っていった。父は東京・日本橋の「さるや」を訪れ、戦後の復興で爪楊枝の商いも再開したため、大番頭に返り咲くことができた。お隣の夫婦は仲間と共に旅役者に戻ることを決めた際、私を養女にくれるよう母に相当談判したらしい。母は、総領を養女に出すなどご先祖様に申し訳ない、と断った。このやりとりは私が学校にいるときだったため知らされず、夫婦が炭鉱から去る日も知らされなかった。

夕方帰宅してお隣の無言の玄関を見た私は、一番高いボタ山に立って夫婦の去りゆく姿を心に描いた。人生における大事な選択のチャンスを、母に略奪されたような気がして許せなかった。旅役者の暮らしがどういうものかも知らないままに、母を怨んだ。

東京に先に戻った父が間もなく足立区に借家を見つけ、私は中2で帰京することができた。空襲で家を焼かれてから、実に7年間に及ぶ疎開だった。浅草の家の跡は早々にバラックを建てた早い者勝ちの、一時は無法地帯。役所も焼けてしまったからどうしようもないという。

その後は東京都立竹台《たけのだい》高校に入学し、クラブ活動のバレエと演劇に興味を抱いた。日本舞踊とバレエは基本的に手足の運びから全く違うが、思春期のからだを作る意味からもバレエの基礎は魅力的だった。ほんの数年間の週1レッスンは気休めみたいなものだが、OLになってもバレエスタジオに通ったおかげで、姿勢や歩きかたの基礎ポーズが、老いてもからだを律する力になっているのかも。

日本橋のOLになってからの踊る阿呆ぶりは、会社のパーティーなどで必要に迫られたソーシャルダンスだった。知人の東大ボーイに「東大ダンスクラブ」に女子が少ないから入って、と頼まれ、これも週1で有楽町の日劇そばにあったボロボロの交通会館に通った。

素足にゴム草履はいいとしても、ツーステップも踏めない東大ボーイが幾人もいて、頭脳とからだの連絡の悪さにあきれた。彼らがやがて官僚になると思うと政治の行方が思いやられ、実際そうなってしまった霞が関だが、ソーシャルダンスはボランティアで数年続けた。

会社のボーイフレンドらとダブルデートで銀座のダンスホールに行ったり、江の島へ遠泳に行ったりで一応青春を謳歌したが、いま思えばバカみたいな品行方正。そう言えばタカラヅカのモットーが「清く正しく美しく」のせいか、私もその通りに生きてしまった。時代がそうだったとはいえ、「一線を越え」なかった幼さが悔やんでも悔やみきれない。

判で押したように昭和の女たちのほとんどは、高卒→就職→23歳くらいで退職→結婚→子ども2人→子育て後は双方の親の介護と定まっていた。新憲法下で進学や就職など選択の自由が増えたはずが、一斉に結婚　出産へなだれ込む「女の幸せ」像は、マスメディアによって操作された国の政策にほかならなかった。

老親介護に突入するまでの女の幸せ＝家庭・子づくりこそが、まさに企業戦士の「銃後の妻」として日本の高度経済成長を可能にした原動力になったのである。そして皮肉にも、それまでの「職場の花」的な女子の労働力が、次第に企業が必要とする戦力と化していった。

やがて高学歴、社会進出は当たり前、結婚しなくとも子どもを産まなくても、離婚しても未婚の母になっても後ろ指をさされなくなったばかりか、国・自治体も男女共同参画社会を掲げ、いわゆるキャリアウーマンの社会的認知度が進んだのもまた事実である。

女の幸せ像への囲い込みから、10〜20年後の女の社会進出現象だと思う。ただし、あくまでも〝一見〟の社会進出であって、この時代現象を闊歩していた女たちも、老親が要介護になるとたちまち明治時代に引き戻されてしまう。国民年金をはじめもろもろの社会保障制度は、家族の相互扶助を前提に成り立っているこの国で、親の介護はできませんと言えるヨメや娘はほとんどいないだろう。

私の若い友人で大企業に勤めていたＧ子はひとりっ子。父母が同時に寝たきりになり、退職して介護に当たった。生活費は父親の年金と不動産だが、恋人とも別れ、片親が亡くなり亡霊のような顔をした彼女と会ったことがある。

「私は真面目に勉強も介護もやってきたわ。でも私の人生はメチャメチャになってしまって、もうやり直しがきかない。やり直したいからお母さん早く死んで、とも言えないしね。この先に何の希望も持てなくて、私たぶん介護過労死で死ぬだけ。こんな女の一生ってある？」

２００１年、岩波ホールで、拙著『老親を棄てられますか』（主婦の友社、講談社）を原作にした映画『老親』が上映された。おかげさまで拙著も映画も大ヒットで、２週間の上映予定が９週間に延び、神田神保町に女たちの行列が続いた。

映画は故槙坪《まきつぼ》多鶴子《たづこ》監督。老親との同居や介護を美談と讃える風潮の中で、ヨメの私が「親孝行なんかくそくらえ」と離婚し、奈良・斑鳩の「家」から脱出した姿を描いた。ヨメ役は万田久子、舅の役は小林桂樹で、憎悪の果てにこのドラマは（実話も）ハッピーエンドだ。

当時の岩波ホール会報に「介護への徴兵」と題した拙文が載っている。その一部を抜粋したい。

――舅の後にやってきた実母の介護がはや9年、４人の老親との半ば強制された関わりを通算すると24年間、４人目がまだ終わらないとあっては呻いてしまう。自分の人生の主人公になりたくて離婚したにもかかわらず、親のために生きるうちに私は今年63歳、立派な婆あとなってしまい、もうやり直しがきかないのだ。「私の時間を返せ！」と誰に向かって吠えればいいのか。

これは国連の「女性差別撤廃条約」に違反するのではないかと言うと、私を取材に来た欧米からの女性ジャーナリストたちは大きく頷く。私は仕事にも恵まれてのボヤキだからまだいいが、20年30年と介護地獄をのたうち回り、自殺や介護過労死でひっそりと死んでいった日本の女の呻吟《しんぎん》を、吸い上げるパイプはこの国にない。

マスメディアも総じて介護保険制度推進に傾き、男の介護を美談に報じ、女がタダで老親を看るという大前提でこの国が成り立っている根本を問題にしない。

施設を作らず「在宅」が一番と「美風」を吹かせ、家族が足りないならボランティアでと、これまたタダの女の労働をかき集め、自治体が表彰状を出してねぎらう。

ＧＤＰ世界第2位日本（当時）の福祉のカラクリは「介護への徴兵」であり、家族愛、人間愛というモラルで女にノーと言わせないファシズムが、すっぽりとこの国を覆ってし

まった――（後略）

拙著や映画がヒットする少し前の50代のころ。「めでたさも中くらいなりおらが春」で物書きとして〝全国版〟になりつつあったとき、その先導をしてくれたのが日教組各支部（社会党系）の婦人部だった。

拙著のはじめから10冊は学校教育問題だったので、どこも「子どもの人権」のテーマで呼んでくれた。初対面の女性ばかりなのに仲間意識のようなリベラルさもあって、私も遠慮なく「教師は犯罪的職業だ」とこきおろしたが、「働く女と老親介護」というテーマがないのはまだ時代が追いつかなかったのだろう。

某日、渋谷界隈の婦人部で講演し、皆でゾロゾロと渋谷駅に向かって歩いていると、キリッとしたカッコいい婦人部長が話しかけてきた。私が憧れるタイプだ。

「門野さんのその威勢のよさはどこで身についたの？　生まれつき？」

「私の祖母が辰巳芸者だったんですって」

「ハハ、やっぱりね。私の祖母は柳橋よ」

「うへー、上には上があるものね」

私の踊る阿呆ぶりも結婚・出産で幕を閉じ、歌舞伎もタカラヅカも遠ざかった。あの楽園は若い日だけに許された夢の世界だったのか。後に離婚で自由になったが、踊るも観るもカネがなかった。

やがて娘が青春を迎え、六本木や新宿のディスコで踊りまくるのに連れていってもらうようになる。たまのお供だが、心身を解放するのに格好の運動だった。練馬の地域や都の市民運動の友人を誘ってみると、カラオケなら行くけど踊るなんてとてもとても、と言う時代。

娘が渡米し、母が亡くなると、たまりにたまったフラストレーションを抱え、ちゃんとしたソーシャルダンスを習おうと、ちゃんとしたダンス教習所に通い出した。

背の高い足の長い兄チャンが婆あを手なづけようと、自信たっぷりに踊り出す。久々に心地いい足の運び。音楽に50～60年代のモノクロ映画のミュージカル。月謝が高いとさすがにセンスがいい。私は踊りながら話す。

「この曲、知ってる？　フレッド・アステアとジンジャー・ロジャースのダンス、神技としか言いようのないすばらしさよねえ」

「えっ、誰？　僕が生まれる前の人でしょ」

「あなたがいつ生まれようと、いまはダンスのプロでしょ。アステアはダンスの神様よ。ふたりのことを知らないなんてモグリじゃないの？　もっと自分の仕事に貪欲になれ」

隣で踊るオーナーが口をはさむ。

「門野さん、教えてやってくださいよ」

「先生はご存じなの？　どうして彼を育てないの？」（何でわたしが教えるわけ？）

視界が狭いのは彼らだけではない。金持ちそうな奥サマがたに休憩時に話しかけると、どなたも何年も通ってるのに、アステアは知っているが鳴ってる音楽は知らないとか、ニューヨークに行ったがブロードウェイには行かなかったとか、欲がない。誰彼に言ってるのではなく、ダンスにハマった人や、ダンスのプロに聞いているのだ。

教えるほうも教わるほうもただひたすらステップをこなし、競技会をめざし、ダンス衣装を揃え、競技会の先生に謝礼を包みと、カネも気持ちも時間もすべてを注ぐ。余裕がないから楽しみは1つか2つというのではなく、ただひと筋に入れあげている〝セレブ〟たち。

そういえば私より若く、物書きでは先輩がソーシャルダンスのプロで、日本選手権大会に招待してくれたことがある。海外からのゲストや参加者の幾組かが「メリー・ポピンズ」や「美女と野獣」などミュージカルをアレンジした衣装をまとい、作品のナンバーを編集した曲で軽々と踊って群を抜いていた。

日本勢は定番のキャバレー衣装で正確にステップを踏むが、絵画でいえば空間がなく余裕が見えない。私だったら『娘道成寺』の茶坊主と白拍子花子のカップルで踊らせ、長唄とオーケストラのコラボで海外勢の度肝を抜くけど、と言ったが、その友人は返事をしなかった。

後日、彼女への返礼にブロードウェイ旅巡業の「ソフィスティケイティッド・レディス」を日生劇場に招待すると、舞台は初めて観たと言う。大舞台いっぱいに展開されるタップダンスの妙技も、彼女の心をとらえなかったようだ。誰彼に言っているのではない。ダンスのプロとしてメシを食える道が拓く……そのとき私はハッと気づいた。

惚れた男に一途に入れ揚げる健気な女のごとく、ひとつの世界に邁進する日本の稽古事は、ピアニストやバレリーナをはじめ早期教育ほど天才型を生みやすい。しかし、老後の楽しみで始めたことはバレリーナどころかババリーナがせいぜいだから、もっとゆとりを持って技術よりも知識を広げる楽しみかたのほうが、認知症の予防にもなるんじゃないかと私は考える。

だがソーシャルダンスのセレブだけでなく、私がもれ聞いた伝統芸能でも邦楽を熱心に学ぶ奥サマがたは、発表会を目指してひたすら励む。一途にのめり込んでいる割に世阿弥がどうの、室町時代がどうだったの、朝鮮や中国との関係はどうかなど、どうでもいいとは言わないが、師匠の解説は右から左に通過してしまうらしい。

私の最初の職業は草月流いけばな教授だったが、当時在住の岐阜市で熱心に続けてくれた生徒らしかり。このクソ真面目さと好奇心の幅の狭さは日本の公教育が培ったものだと気づいた。教えられたことをひたすら丸呑みし、正確に吐き出し、発表会や免状という〝証し〟に向かって突き進む。いけばなの基本を終えて、さあ、自由にやりたいように活けて、と言うと一様に皆嫌がった。手も足も出ずにではなく、出そうともせず辞める人もいた。

エラい先生がたが講習会で言う。「大切なことは〝守↓破↓離〟です」と。基本を守り、次にそれを破り、さらにそこから離れろと。どこの世界でも言われることで草月のオリジナルではないが、離＝個性の追求でいわゆる前衛いけばなだったから私に合っていた。執筆に取って代わるまで16年間の主たる収入源はいけばな教授で、赤児育てと両立できたのも幸いだった。

このように家元制度でも守・破・離を奨励し、創作性を至上とするのに、子ども時代に飼い殺されてしまった創作力、自己主張力、冒険心、遊び心などは大人になっても戻らない人が多いのだろうか。文科省サンよ。

と、日本人の〝閉塞脳〟と呼びたい融通のきかない真面目さを揶揄していたが、とんでもなかった。一途に従順に学ぶからこそ日本の稽古事は〝道〟がつくのであり、その家元制度のヒエラルキーを登るほどにプロになれる。つまり各界の家元は、弟子が入れ揚げた見返りにプロとしての努力次第では、メシが食えることを保証してくれているのだった。

国内外のどこに住もうが、本部に会費さえ払えば、孫弟子にも家元から免状が出る。免状料は級が上がるごとに高くなるが、その約半額は直接教えている師範が中間搾取できるオイシイ報奨制。進級も師範の胸ひとつで、技術よりも時間が判断基準となる。

家元制度の胡散臭さはいくらでも言えるが、学歴もワイロも不問であり、やりようによってはＯＬやパートよりも短時間で多く稼げた。出世したくて教育委員会に媚を売り、ワイロを上納する教師たちよりよほど健全だ。

結婚で世界を閉ざされた主婦にとっては少しの冒険心と話力があれば、自分の可能性と経済力を広げられる手近なチャンスである。問題はいけばなや茶道の免状を持つ女はゴマンといるのに、そのほとんどが使われずにタンスの中で眠っている現実だ。そこにこそ女が外に出る＝社会に打って出る鍵があるのに。

日本の稽古事や芸能はもの真似から始まるから、日本人の特性と言うべきひたむきさは大切な要素には違いない。が、素人の習いごとをプロに昇華させるのは家元制度ではなく、学ぶその人自身なのだと某邦楽界の師匠が言った。確かに世界中のアーティストは〝家元〟の承認もなく、個人のキャラと努力で勝手に活躍する。真似の追求だけならサル真似にすぎず、その先にある創造が見える人にこそ芸術は微笑むのだ。

有名ではなくても市井の小さな稽古場であっても、それが伝統芸能であれ美術や音楽であれ、あらゆる世界で自分と対決し脱皮を重ねて精進する人が生き残れるのだと、高齢を言い訳に惰眠をむさぼろうとする私のお尻を叩く人がいる。すべての道はローマに通ず、と。いかなる〝道〟であろうと、仕事にするには甘くないことは言うまでもないが。

女がリードしてはダメだよ

老いて熱海に落ち着くと、踊る阿呆どころかホンモノの阿呆に近づいたようだ。今日が何日の何曜日か定かではない。公私の約束をすっぽかしたら大変だとカレンダーの日付を消すことにしたら、今度は消したか否かが定かでなく悩むアブナイお年ごろになった。

孫のエリックといるときは彼に聞けば、何日の何曜日かをピタリと当てるから便利だ。発達障がい児が特異な才能を発揮するサバン症候群か否かは分からないが、優れた記憶力に違いなく、数十年に遡って当てられる。が、孫のいないときはどうしようもなく、携帯電話が見つかるまで落ち着かない私になり果てた。

認知症の人が食事をしたことを忘れて騒ぐと聞いて笑ったが、どうやら他人事でなくなりそうだ。シニア共同生活のいい点は部屋を一歩出れば同病相憐れむ相手に事欠かないこと。でも「#Ｍｅ　Ｔｏｏ」（私も）で傷をなめ合ってしまうとヤバイ。バカボンのパパのように〝これでいいのだー〟とその状態に居座る口実になってしまうから。

で、老化はすべて自己責任と厳しく己を律し、まずは暮らしの中でできる踊る阿呆の復活を試みた。施設のクラブ活動のような中で一番人気がないメンバー2名のソーシャルダンス。私の入部で3名になったがふだんの練習はなく、熱海教習所合同でのダンスホールで高い参加費を払ってのぶっつけ本番パーティーに臨んだ。

どこのダンスの会でも女ばっかりで、ゲストに雇われた男先生の奪いあいになるが、この日はアテンダント役のリボンちゃんと称する初老ダンサーが10人ほどいて、踊り馴れた奥サマ勢とステップを踏んでいた。ただし演歌や歌謡曲もあり、レトロな場末の雰囲気に足がもつれる私は加齢のせいではないと自分に言い訳する。

施設仲間の2人はどちらもほとんど病人で、1人に猫背で上体がまっすぐにならず、1人はハイヒールをはいて歩けずに引きずられて踊る。あえて書いたのは、2人のネバーギブアップの根性と、その相手をしてくれるリボン氏のプロ根性に感動したからだ。一般的なダンスでは車椅子で踊る人も増えたように、チョー高齢社会で踊りかたを変えて楽しみが広がることはうれしい。

問題は私で、3人のリボン氏が「女がリードしてはダメだよ」とクレームをつけた。汗だくで次々と踊るオジサン勢が気の毒で反撃しなかったが、テヤンデエ、プロだろ、だ。この女はリードしがちな相手だと分かったら、そのリードを超えるテクでリードすればいいだろう。男女のボディの駆け引きが火花を散らし、例えばアルゼンチンタンゴのような極みに昇華したのではござんせんか。

ここも教えられたことを忠実に懸命に覚えたものの、それを武器にクリエイティブな冒険をしようとはしない、優等生的な学ぶ姿勢のなせる技が見える。教えるほうにしたらこんなラクなことはないだろう。

以前、ロサンゼルス郊外の中学校に10代の母と父を取材に行ったが、そこの校長が「教育視察で日本のいくつかの小・中・高を見学してきたわ」と言った。率直なご感想を、と私が願うと「どこもゴミひとつなくて、生徒は大人しく授業を聴いていて、先生たちはラクだなあと思った」と。これは皮肉だ。

なぜならばアメリカでは教育の基本として、子どもたちに自分を前に押し出し、人と積極的に関わる姿勢を教えるからだ。従順は決して美徳ではない。

なお前出の施設仲間は、間もなく1人は亡くなり、1人は家族に引き取られていった。〝同じアホなら踊らにゃソンソン〟の2人の最後までのネバリ勝ちを尊敬してしまう。

■エッセー教室から③

「踊る阿呆」に触発されて——満州に生まれた私

山下洋子

旧満州の奉天（瀋陽）で生まれた私は、日本が敗戦に向かっていたとき、新京（長春）で幸せな幼時を送っていた。だが、6歳で太平洋戦争の敗色が濃くなり始めるとともに、満州でも徐々に地獄が始まった。

昼間は絶え間なく家の窓から飛びこんでくる鉄砲の弾をよけるため、窓を家具で塞ぎ床を這って歩く。後ろの壁にはいくつも弾丸が突き刺さっている。暴徒と化した中国人に襲われるので、明るいときは街にも出られず、食べるものも無い。夜暗くなると恐る恐る近くの雑草を採りに出て行き、それを煮て食べる毎日だったが、私たちは恐怖のあまり、空腹を感じる感覚さえ無かったように思える。

ただ幸運だったのは父の教え子の中国人の学生が、ときどき卵やお饅頭などをこっそり届けてくれたこと。これはありがたかったと後々父が話してくれた。人間、人種が違っても通ずるものがある、捨てたものではない。このことを父から聞いて以来、今でも私はそう信じている。

わが家では日本からの大学留学生を5人預かっていた。彼らは若いので恐怖より空腹に耐えられなかったのだろう。父と近くの大学に残っている食糧を取りに、ビルの陰に隠れながら毎晩のように出かけた。母は、今日はダメか、今日は帰ってこないのではと心配していた。帰ってくると彼らは、今日どれだけ怖い目に遭ったかを面白そうに話してくれる。みんなで笑いあっていたが、今思うと面白かったとか楽しかったのではなくて、みんな半分自暴自棄だったのではないだろうか。明日の命は分からない日々だったのだから。

それでも、それまではまだ良いほうだった。8月9日未明に突然、わが家に飛び込んできていた弾丸が、今までとは全く別の方向からも飛び込んでくるようになった。父が「ああ、もう駄目かもしれない。多分ソ連が参戦したんだ」と、いつも強気なのに珍しく弱音を吐いた。日ソ中立条約を破棄したソ連軍による侵攻だったのだ。

突然ソ連が参戦してから、状況はいよいよ悲劇的な事態になっていった。ソ連軍は理由もなく発砲、略奪、強姦を堂々と行っていた。また、開拓団から避難しようとした日本人の一団に一斉機銃掃射を浴びせ、その場の日本人全員が亡くなったなど、毎日そのような話ばかり。子ども心に私たちはどうなるのか不安と恐怖で、両親の顔色ばかりを見て暮らす日々だった。

ときどき弾の音が止むときがあり、そっと出てみると、家の前の道路には撃たれて亡くなったのか飢えで亡くなったのか、遺体があちこちに横たわっていたが、遺体を見ても怖いとも思わなくなっていた。綺麗だった母も断髪にし男装して、顔に泥のようなものを塗り汚い顔になっていた。

そんなあるとき、ソ連軍の兵士が2人、わが家にも押し入ってきたのだ。父に現金、宝石、時計を出せと言ったそうだ。父は階下で足音がしたとき、とっさにテーブル・クロスの下にそれらを隠した。テーブル・クロスは私の目にも盛り上がって見えていて、それと分かるようだった。運が良かったのは屈強な若い学生が5人もいたので、兵士は落ち着かない風で早々に出て行った。何事も無く過ぎたが、立ち去った後、発砲されなくて良かった、母が連れて行かれなくて良かった、と皆腰が抜けて放心状態になったという。6歳の私でさえ怖くてドキドキが止まらなかったことを今もはっきり覚えている。

毎日いつ殺されるか分からない不安の中、ある夜、仲の良かったK子ちゃんのお父さんがお別れに来た。しばらくして父が「しまった」と言って私を連れて彼女の家に急いだが遅かった。「捕虜になる前に自殺するように」と日本軍から配られた「青酸カリ」を飲んで、K子ちゃんの家族5人、みんな私たちの目の前で死んでしまった。終戦詔書が出たというのに。

「絶対に自殺なんかするもんか。捕虜になっても生きてやる」

父はそう叫んだ。父が頼もしく格好良く見えた。

その夜、窓から光が漏れないように色々なものを集めて遮断し、部屋の中は明々と電気を灯した。今まで薄暗い中で過ごしていたので不思議だった。学生たちも少ない材料を全て使って母と料理を作った。お酒など無い中、後で聞いたことだが大学から「メチル・アルコール」を持ち出していて、それを6人の男性がお酒代わりに楽しそうに飲んだのだ。

その後が大変。6人は大声で歌い、見たこともない踊りを、狂ったように明け方まで踊り続けた。いつもは「もう遅いから寝なさい」と言う父も、笑いながら、踊りながら「お前も踊りなさい」などと言う。これほど楽しそうな父も学生も初めて見た。その中で今でもよく覚えている歌がある。

「ここはお国を何百里、離れて遠き満州の…」

学生が腰にシーツを巻き、くねくねと踊る。ただ子どもの目から見ても、笑っているのか泣いているのか分からないような顔をして踊っていた。もう私たちには明日は無かった。

この歌を聴くと今もなぜか涙が出てくる。

人はこれほどの恐怖の中でも、最後には踊ることができるのだろうか。いや、踊りたくなるものだろうか。この年になっても謎なのだが、これこそ究極の〝踊る阿呆〟ではないかと思ってしまうのだ。

1945年8月24日には正式な停戦命令がソ連軍に届いたそうだが、ソ連軍による作戦は、9月2日の日本との降伏文書調印をも無視して継続されたそうで、結局9月5日になって、ようやく一方的な戦闘攻撃を終了したという。その日から家の中に弾が飛びこむことは無くなったが、ソ連兵の略奪は続いた。そのため、近くに残っていた日本人3家族は、空き家になっていた1軒の大きな鉄筋のアパートに移り住むことになった。戸外に警備の人が交代で立って、ソ連兵が近づくと半鐘代わりの鉄片を鳴らし「みんな閉めろ！」と言って、出入り口を大きな厚い板で閉じてひっそりと誰もいないように装った。ソ連兵は図体が大きく、自動小銃を背中に掛けてやって来るので怖かった。

どれくらいの月日が経ったのか（時系列的にはハッキリ覚えていない）突然、近隣に残っていた日本人が集められ、「全員日本に帰ることになった」と告げられた。

布団袋になにがしかの残ったものを詰め込み、子どもの私のリュックにもピーナツなど食べられるものをギューギューに詰め込んで、列を組んで歩かされた。母が持っていた宝石など金目のものは、中国人と物々交換で持てるだけの食糧になった。このお蔭で私たちは後々飢えに苦しむことが少なかったのだ。

どこまで歩かされたのかは分からないが、ある場所から貨物列車に乗せられた。家畜のようにギチギチに隙間なく入れられ、それでも無事に走り出したときは全員「わー」と喜びの声を上げた。無蓋車だったので途中雨が降るとずぶ濡れになり、外は真っ暗でどこを走っているのかも分からず、ただ我慢するだけ。泣くと満州人に見つかり襲われるから泣いてはいけないと言われ、私たち子どももひたすらじっとしていた。

満州人が来ると略奪されてしまうので停車しないよう、声を出さぬよう静かに走り続けた。それでも途中で小停止すると、小さな子どもを沿線に立っている中国人に渡している人がいた。死んでしまうより預けて育ててもらえればと思ったのか、それとも泣き声で満州人に見つかると他の人の迷惑になると思ったのか。あのとき満州に置いてこられた幼な子が後の残留孤児なのだと聞いた。

6歳になっていた私は、泣き声を出さないように我慢できたから、中国人に渡されず残留孤児にならずに済んだのかと思う。

どれくらい走ったのか、何日くらい走ったのか全く覚えていないが、とにかく汽車が止まって全員降ろされ、壊れかけた工場のような広い所に20〜30家族くらいが入れられた。風は吹きこむが屋根も壁もある所に入れて嬉しかった。

食事といえば捨てられた鉄兜に、近くの川の水を入れ、雑草（〝あかざ〟という草）を煮て食べる。それでも美味しかった。鉄砲の弾も飛んでこない。ソ連兵も襲ってこない。こんなに平和な日は何日ぶりだろう。子ども心にも何とも言えない安心感からか、数人の子どもが周りを飛び跳ね、踊りまわってはしゃいでいた。安心して声が出せるという歓び。人間はやはり嬉しいときは歌い踊るものなのだ。

その後私たちは「葫蘆島《コロトウ》」という港から無事引き揚げ船に乗ることができたのだが、船の中でも毎日亡くなる人がいて、その度に亡骸を白い布で包み海中に沈める。船は〝ボー〟と大きな汽笛を鳴らし何事も無かったように日本へ向け航海を続け、ついに博多港に着いた。生まれて初めて日本の土を踏んだのは晩秋だったと思う。

博多港には日本に嫁いでいた父方の伯母が迎えに来てくれていた。真っ白いおにぎりをたくさん持って……美味しかった！　あんなに美味しいおにぎりは二度と食べることにできないだろう。

顔を涙と笑いでくしゃくしゃにしながら、人生最後の踊りだと踊り狂っていた学生5人も無事帰国し、親元に帰っていった。

私たちはこうしていま生きている。平和に後期高齢を迎え、何とか楽しく暮らしている。何も分からないまま青酸カリを飲まされ、異国の地でK子ちゃんは5歳で死んでしまった。あの死は何だったのだろうか。

Part4　踊る阿呆に観る阿呆

Part5　生きることは闘うこと

P《パー》とT《トンマ》のA《会》

任意団体というのは、ある程度民主的に営まれれば、会員が情報や利益を得るために、ないよりはあったほうがいい自主団体のはずだ。だが、ＰＴＡ、町内会、マンションや施設の管理組合などなど、ほとんどの団体が会長以下幹部は男が握り、一般的には本来の会の独立性はどこかへ消え去って、会の母体である企業、学校、大病院などと癒着して御用組合化したり、会費で酒を飲んだりと、まあ、ろくなことはない。ようだ。

女は男の補佐役でかいがいしく立ち回り、宴会ではセクハラを許して「ウフーン」と教師にしなだれかかるＰＴＡ副会長だったり、婦人リーダー研修でバスのカラオケで盛り上がった某県教育委員と役員がホテルに消えたりと、まあ、ろくなことはない。ようだ。

いずこも三役はボランティアだからなり手がなく、それをよいことに幹部は恩きせがましく脅迫したり愚痴を言ったりしても、オイシイ役割は離さない。たいがいはマンネリか悪臭プンプンの男が牛耳る既成団体だから、あるよりはないほうがすっきりするはずだ。むしろなくなって困るのは、持ちつ持たれつで団体を利用している会の母体のほうかも。

私が長期に関わったのはＰＴＡで、１９７０年前後は文部省も奨励したＰＴＡ民主化運動が全国的に広がった。私の子どもたちが入学した小学校は東京・足立区のＨ小で、東京都ＰＴＡ連合会が勉強会を開催し、単位ＰＴＡ（単Ｐ）の民主化度を競わせた（講師は大学教授ら）。Ｈ小ＰＴＡが杉並、中野、世田谷など市民意識の高い地域からも注目されたのは、Ｐ（父母）側が会長以下三役全員、女性だったことだ。ススンデいると他校には映ったらしい。ところがＴ（教師）側の三役は全員男性で、「革新」政党の党員ときたもんだ。日教組（現在の全教・全日本教職員組合＝共産党系）の教師たちである。

女の会長らＰ側の上層部は「革新」党員の傀儡《かいらい》であり、男教師らが母親の意識教育もＰＴＡ運営も操った二重構造。つまり、ＰとＴは対等だとホザきながら、ＴがＰを懐柔し利用していた「革新」政党だから、おのずとＰは共産党のシンパだらけ。彼女らの家の支持政党は自民、公明、社会党と何でも揃っていたが、別にイデオロギーの整合性などどうでもよく、わが子のために私立中学進学の便宜を図ってもらったり、内申書に手ごころを加えてもらったりが狙いの服従だろう。

母親幹部は全教の女性教師らと六本木のホストクラブに通ったり、担任の教室に冷蔵庫を備えてビールを欠かさなかったのも（私の息子の担任）、知る人ぞ知るＰとＴの癒着ぶりだが、誰も何も言わなかった。これらのことをニブイ私が知ったのは、万年学年代表になって何年も後になってからだ。

児童１０００人のＨ小で教員は１００人弱だったろうか。少子化など予想もできない時代のＰＴＡの総会は、体育館に１００個ほどの椅子が並んだが毎年ガラガラ。「革新」連中は「市民」派が大嫌いで私は無視されまくったため、総会では教師陣の矛盾を突いた。

「ひとりひとりの子どもを大切にとスローガンを掲げた先生がたが、管理教育で子どもを虐待したり、いじめ問題にもきちんと対応できなかったりするのはどうしてですか」とか、「Ｈ小ＰＴＡは進歩的だと都Ｐ連でも評判なので、三役を立候補制にして選挙で選んだほうがもっと進歩的になると思いますが」とか、彼らがごまかしている問題の核心を突いた。

毎回、学年主任の党員の副会長と私の一騎打ちになる。

「きれいごとで希望を語るのが得意のようですが、何ごともそんなに理想通りにはいきませんよ」

と彼が言うと大きな拍手。

「教育とは希望を語ることだ、と有名な教育学者も言いましたよね」と私。拍手はパラパラ。

「役員を選挙で選ぶなどと、現実を考えずにいきなり理想的なことを言って、誰かが立候補すると思いますか」と彼。やれるものならやってみろ、と冷笑と共にマイクをふり回す。

「私が会長に立候補します！」と私。別にやりたいわけではないが、後に引けなくなった。

彼の顔色と声が変わった。

「ＰＴＡのやりかたを変えるときは、規約を書き換えて総会で承認されて初めて動き出すんです。ちゃんと手続きを踏まずに、思いつきで勝手なことを言われては困りますね」

大きな拍手が起こる。

私はキレたふりをした。

「司会者がご意見を何でもどうぞと言ったから提案したんです。そんなに失礼な場違いなことでしたか。ここは民主的なＰＴＡなんでしょ」。拍手パラパラ。

ところが、総会のたびに参加者が増えていった。途中で椅子をバタバタと増やし、体育館がいっぱいになったのだ。

三役の選出は従来通りＰとＴの代表の決定でいいが、そこに私の学年から、門野を、選出する候補者の中に加えてくれという動きが出てきた。

すると、全教の女教師らがその親たちの家庭訪問を始めた。

「門野とつきあうと、お子さんのためになりませんよ」

全教の教師らの情熱的なオルグ活動はあれから半世紀以上、ついに昨今は永田町でも有力野党に躍り出ようとしている。足立区は昔も今も、経済は自民党だが、教育界は共産党の牙城である。

ハリウッドも足立区ＰＴＡも

50年前のＰＴＡのできごとを何をいまさら、とうんざりする読者もいらっしゃるだろう。だが、ハリウッドもスペインもインドも、そして世界中の女たちが50年も１００年も経てから、ようやく性の被害を告発できるようになったその口惜しさ、恐怖、社会の壁の厚さを考えていただきたい。

性的被害の重みと、たかがＰＴＡの論争と一緒にするのも大袈裟な、と言われるかもしれないが、古今東西男どもが命がけの勝負を展開してきたのが政治のイニシアチブ闘争。大きくは国家間の対立から戦争へ、小さくは選挙で権力を握るべく土下座までしたりカネをばらまいたり、下半身の下品さもついて回るすべての政党と政治屋につながっている男社会だ。

教職員組合の一分会であっても、出世をにらんだ日常のオルグ活動で「アカハタ」購読者を何人増やしたとか（Ｈ小は家庭訪問で売って歩いた）、有名私立受験の世話をして小切手をいくらもらったとか（このワイロは全教だけでなくすべての教師に言える。私の弟のひとりが進学高校の教師で、「謝礼」の季節に贈られてくる小切手をいちいち送り返す雑用が大変だった）、皆が皆腐っているとは思わないが、全教教師への至上命令が〝雲の上〟から下りて来て、政党政治に収れんされてゆく事実は否めまい。

当時の週刊誌で忘れられない特集に、「ＰＴＡはＰ（パー）とＴ（トンマ）のＡ（会）だ」というのがあった。世の中を知らなかった30代の私は週刊誌ネタも参考にしたが、いわゆる「アカ狩り」を代表とする反アカに組する者ではない。

ネ・真面目な私は文部省のＰＴＡ民主化マニュアルに共感して、子どもたちのためによりよいＰＴＡにしようと張りきっていたが、男たちのイデオロギー闘争はどこまでも発展していく仁義なき闘い。どうやら私は虎の尻尾を踏んでしまったようだ。

で、「ハリウッド」まで戻らせていただくが、性的被害者が一生忘れられない屈辱や恐怖と同等の、いや、母親のせいで子どもに被害がおよぶ残酷さはそれ以上の恐怖といっていい。どこの世界に、子どもの生殺与奪を握る権力者に愛するわが子を差し出して、権力者と闘うバカな親がいるだろう。

私はジャンヌ・ダルクでもないし、目立ちたがりでもない。ＰＴＡを改革してくれと頼まれたわけでもないし、この先に仕事らしき保証が待つわけでもない。バカバカしい、やめようと思ったとき、足立区の社会党から声がかかった。

「2年間、社会党で黙って働いてくれたら、足立区議にしてあげますよ」

即座に断った。離合集散を繰り返す政界で、2年先を誰が保証してくれるというのか。それに学歴社会のこの国で低学歴の私は、打って出る前にハンデがついてしまう。学歴もない、コネもない、カネもない、名もないタダの主婦だった。

H小を卒業すると、ほとんどの子どもが学区内のH中学校に行った。H小とH中の全教教職員は同じ穴のムジナである。

私は小4になった娘のほうから学年代表になり、執行部入りした。PTAは暫く休みたいと学級PTAで言うと、他の母親らも辞退して、ノンポリの女性担任が泣き出したのだ。結局泣き落とされて万年学年委員長になると、執行部の動きがだいたい分かる。忘年会の寿司屋飲み会にもお呼びがかかる。飲み代はどこから出ているのか興味があった。

夕食を作ってから寿司屋に出直すと、入り口で3千円の会費を取られた。半世紀前の3千円は現在の1万円くらいか、かなり高い上に私は下戸だ。下戸は呑ん兵衛の酒代まで払うことになるので私は宴会にほとんど行かないが、この日は教師からも取っていたから、さすが「革新」よ、そこまで腐ってないか、と気をよくしたものだ。

ところが翌日、P側の三役が教師たちに会費を返して歩いたことがバレる。どこまでも親をナメきった茶番劇で、子どもたちを、教育を、この国の未来を、裏切り続ける教育者という名のペテン師にあきれた。されど、とうろうの斧を振り上げたところで、テキは痛くも痒くもない大組織だ。

　そのころ雑誌『世界』が「ＰＴＡ特集」を組んだ。私は数年前から民間の反戦婦人団体「草の実会」に入会し、その教育研究グループで学びながら、毎月発行の機関誌にＰＴＡの雑文を書いていたのを目に留めてくれたのか、４００字×30枚くらい書かせてくれた。

　その拙文を有名ジャーナリストが取り上げ、朝日新聞で過分な評価をしてくださった。おかげで虎の尻尾を踏んだことを自覚したのはこのときである。共産党教師やシンパ体制が一斉に沈黙した。嵐の前の静けさのようで不気味だった。

いじめ事件で「軍事法廷」

　息子がＨ中学2年生の1学期、彼のクラスの班グループで1カ月にわたるいじめが発覚した。被害生徒1名と加害生徒2名は息子の班のメンバー、あと1名は加害生徒の仲間で隣のクラス、そしていじめに加わったか否かよく分からないグレーが私の息子だとして、「加害」生徒の母親４名が緊急に学校に呼ばれた。

　学年の教師数名が事件を説明する前で、母親３名が泣き崩れていた。被害生徒の親が怒り狂って警察に訴えると息まいているので、とりあえずこのまま皆で被害者宅へ行き、誠心誠意謝ろう、と出かけようとする。

その1時間前、少し早く帰ってきた息子が、私に学校へ行ってほしいと言うので、理由を聞いていた。彼も何が起こったのかよく分からなかったが、夕方には、東武線竹の塚駅の反対側にある私の実家で、彼の祖母が作った夕食を、ガンで入院中の祖父の病院へ自転車で運ぶ役目が待っていた。誰も代われない息子の日課だったから、とてもいじめにつき合っているヒマはない。

「ボクはやってないよ。ママ、信じて」

私は被害者宅へ行こうとする教師たちに言った。

「一緒に行って謝ってしまうと、やってないと言う息子を裏切ることになります。今夜落ち着いて父親を交えて話し合い、息子にも責任があると分かったら、私たち親子3人で別行動で謝罪に行きます。では、お先に」

教師らの狙いはグレーの息子を黒にすることでなく、H小PTAで私を黙らせること、間違っても会長に立候補させないことだった。もちろん私たち家族は謝罪になど行ってない。

ここで私は大きな間違いを犯している。息子に翌日から学校に行かなくていいと言ったが、彼は高校受験を控えて休みたくないと登校した。そのため複数の教師らに連日犯罪者のように尋問されていた。あの手この手でへ理屈をこねられれば、14歳の少年など言質を取られるようなことを言ったかもしれない。この連日の尋問で教師らは「門野は連帯責任がある」と言い出し、息子は私に報告してない。おそらく私に何をどう言っていいのか分からなかったのだろう。

大きな間違いとは、複数の教師の素人による尋問を未成年に対して密室で行うことは、子どもへの人権侵害であり、いじめであり、犯罪であると私が学校に怒鳴りこみ、マスメディアにSOSを出さなかったことだ。私にはまだ度胸がなく、頭が回らなかった。

ここ20年、娘が米・バークレーで暮らしているため、孫のPTAやIEP（個別教育計画）にグランマとして参加している。その視点から息子のいじめ事件を振り返ると、アメリカならば初回に緊急で親が呼び出されたときから、弁護士を伴い弁護士にすべて発言させていただろう。そうしていれば彼らの犯罪性はマスメディアに取り上げられたに違いない、と地団駄踏む思いだった。子どもが殺されれば大ニュースになるけれど、いじめ問題そのものはまだジャーナリズムの関心のメインになっていなかった。

そして1学期の期末父母会。高校進学のレクチャーを期待して出席が多い中、最前列で向き合った席に教頭、生徒指導、学年主任、担任と男ばかりがものものしく並ぶ。2列目には加害生徒の両親3組（隣のクラスの親も）が教師らと向きあい、母親3人は机に突っ伏してオイオイ泣いていた。父親は俯いている。

異様な雰囲気に他の母親らは顔面蒼白だが、帰るに帰れない。生徒指導がいじめ事件を話し出すと、他の教師らが机に積み上げたマンガ雑誌を開き、あくどいいじめの場面を次々と出しては回覧しながら言う。

「こういう残虐ないじめがわが校の生徒によって、1カ月にわたって行われたのです。皆さん、どう思いますか」

他の母親らも泣き出した。怖くなったのだろう。だが父親もいるのに、誰ひとり「これは何の会ですか。もしかしてこれは違法ではありませんか」と言う人はいなかった。事前に内容を知らせて開くならともかく、不意打ちで「あんたの子どももやるかもしれないから、しっかり見張れ」とばかり脅したのだ。予防拘禁というべき状態を大人たちに課すとは、教師っていったい何様なの？――とは、私もまだ頭が回らずにドーカツできなかった。

異様なムードに盛り上がったときに打ち合わせ通りか、被害生徒の母親が立ち上がった。小柄な彼女は通常のＰＴＡではひと言も発言せず、弱々しい息子と共に逆に印象的だった。からだを親たちのほうへ向けた彼女は、驚くほど大声で話し始めた。

「皆さん、前で泣いているお母さんたちを見てください。この３組のご両親は私の家にも息子さんと共にいらっしゃり、畳に額をこすりつけて泣きながら謝罪したんです。子どもはこの親の姿を見たら、二度と悪いことはしないでしょう。

それに比べて門野は何だ！　自分の息子がよその子どもをいじめて傷つけてるというのに、

謝罪をするどころか認めもしない。盗人たけだけしいとはおまえのことだ！　こういう過保護の子どもがどんな恐ろしい大人になるか、見なくても分かる！」

「待ってください。ドサクサの勢いで加害生徒を増やさないで。先生の説明にあったように、あなたのお子さんは先生に何度か聞かれたとき、門野はやったかどうか分からない、と答えているんです。それで先生がたはグレーだとしていますが、息子はボクはやってないと私にはっきり言いました」

　そのとき母親たちが口々に叫び出した。

「だまれーっ！」

「それでも親かァ！」

「悪いことをしたら謝らせるんですよ！」

　言葉のつぶてが四方八方から飛んできた。

　教師たちは予想以上の効果にほくそ笑みながら、エキサイトした親を取り成すふりをする。

　私はケツをまくった。

「これは軍事裁判ですね。こんな場を勝手につくる権限が先生たちにあるんですか。私も弁護士をつけて闘いますから、次は法廷でお会いしましょう。それからお母さんたち、わが子の話を親が信じないで、誰が信じるんですか！」

子どもを守って「猛母の三遷」

門野くんはやったかどうか分からない——被害少年の陳述を私は当初ワルガキどもに脅されて、「やった」と言えば嘘になるから「分からない」とごまかした、彼の良心か優しさだろうと考えていた。

が、50年間温めてきて現在だから分かったことは、彼は発達障がいではなかったのかということだ。もしそうだとしたら弱々しい少年がワルガキ3人に囲まれるたびに、パニックを起こしてとても相手の顔など見られなかっただろうし、そこに門野がいたかどうかなどとは本当に「分からない」だろう。

昨今ようやく脚光を浴びてきた発達障がいの、特にオーティズム（自閉症）系のそれならば、人間の顔が恐ろしくて正視できないため、幼少時ほど泣くしかない私の孫の特性に似る。人の顔は一番情報が集まりやすく、喜怒哀楽の表情が豊かだから、それが怖くて殻に閉じこもる子は、半世紀前はワガママだ、言うことをきかない、と大人にも子どもにもいじめられただろう。

さて、「軍事法廷」の件は、私に裁判を起こす用意があると、校長に手紙と弁護士の名刺を送ったところ、被害者よりも門野から事件が「公」になりそうな動きに驚き慌て、結局うやむやにして終わってしまった。

教師らが息子に謝ったわけではないので、辛かったら登校拒否をしてもいいよ、と息子に言ったが、行かないと後ろめたいからだと思われそうなのでボクは行く、と頑張る。行っても面白いはずがない、どこかに転校して高校卒業で東京へ帰ってこようかと話しあっていて、がく然とした。

共産党の教師のいない公立学校なんてあるだろうか。どこへ行っても本部か足立分会から司令が行って、問題生徒だと嫌がらせをされるかもしれない。不良か暴力団を使って袋叩きにされるかもしれない。私は何をやられても殺されてもいいが、息子が狙われるのは許せない。どこへ逃げて行けばいいのだろう。

日本国内どころか海外に目を向けても、中国やロシアとつながっている赤いネットワーク。秘密裏に消されるのは映画だけではない——当時の母親という私の妄想を思い出して書いているが、その意味では子どもをいじめ事件の冤罪に使ったヤツラのもくろみは大当たりだ。私はすっかり怯えてしまっていた。

立木もオバケに見えるこのときの私の恐怖心が、50年以上も性被害を恐ろしくて告発できなかった、ハリウッドをはじめ世界各地の女たちの怯えと重なるのである。女ひとりでとうろうの斧を振り上げる相手は、男の組織・集団であり、政治・政党とつながった権力のナワバリ体制だ。ＰＴＡなんかとバカにしていたが、まさかクレムリンまで〝赤い糸〟でつながっているとは気づかなかった。

いじめの現場に息子がいなかったという確証がないのが弱い、とあちこちから言われた。徒手空拳の私は息子の疑いを晴らす手段はひとつしかない。中学校の屋上から飛び降り自殺をすれば、ヤツラと無理心中ができるではないか。

家族が寝静まってから、私は長い遺書を書き出した。日本のいびつな教育体制がいびつな教育者しか生まず、こどもたちの柔らかないのちを日々殺している――などなど大論文を書くうちに、いきいきとして微笑みながらせっせと遺言を書く私自身に気づいた。何だ、これは？

書くことはすごい力があり、生きる勇気を与えてくれることを発見した私は、自殺するなんてもったいない、どこまでどのように追いつめられるか体験して書くほうが面白い、と気を取り直した。いつの日か、物書きの道が拓けるかもしれないと思うだけで、ものの見かたが変わってきたのだ。

ちょうどそのころ夫の実家の奈良・斑鳩の姑が脳溢血で倒れた、と舅が知らせてきた。これは渡りに舟ではないかと思い、夫に斑鳩の政治状況を調べてもらうと、奈良県は同和教育（社会党）が主流とのこと。ソレッと子どもたちを説得し、万葉の舞台へ逃げ出した。

ふつうならば、少数派が権力集団と闘えばたいがい負ける。勝っても一部分だからテキは揺るがない。親も子も傷つけられて泣き寝入りし、人間不信になり、家の中にこもるか偏屈になって後悔するのが関の山――と苦い日々を想像していた。

まあ、子どもたちを新しい環境に置き、再出発させられるのがせめてもの慰め。東京へ帰りたかったら就職するときに帰ればいいいと、不満いっぱいの娘をなだめた。

子どもを守って関東と関西を転校するのは3度目なので、「猛母の三遷」だと自嘲する。「孟子の母」ではなくタケダケしい母である。

思えば、岐阜市で息子が小学校入学した際も、PTAを何も知らない席で東京弁だからと学級・学年委員長を押しつけられた。総会で何も知らないため質問したら、その日中にムラ社会中に喧伝され、ナマイキだと道端でオバサン族にリンチされた。泣き泣き2年ほど頑張ったが、息子もいじめられて東京へ逃げ帰ってきたのだった（岐阜在住は全部で10年間）。

それでも足立区でPTAに出て行くのだから、私はウルトラ級のアホだと自分をやめたくなる。何も学ばない、懲りない性分は、娘に最近診断された「発達障がい（アスペルガー・シンドローム）の入り口」だからだろうか。

ところが斑鳩に引っ越して間もなく、東京の出版社「現代書館」から「本を書きませんか」と電話があった。私は受験戦争と「軍事法廷」のことを書きたいと言い、もしかしてこの闘いは負けいくさでないかもしれないとドキドキしてきた。

「ところで、本1冊って原稿用紙何枚書けばいいんですか？」

物書きデビュー

何回も書き直し、何回も上京して、やっとこさ『わが家の思春記』が印刷機にかかった。書店に並ぶのは時間の問題だというとき、斑鳩にまたまた電話が入った。「学陽書房」である。

「単行本、出しませんか」

「すみません、いま印刷中です」

「あら、ひと足違いね。残念」

ふつうは、ではまたの機会に、となるところを、ベテランの彼女は違った。

「そこに書かなかったことはありませんか」

「母と娘の〝女のセクシャリティ〟です。まだ考えがまとまっていませんが、フェミニズムの本を書きたいです」

「では近々お会いしましょう」

何かが始まるぞ、いままでと違う何かが、とからだが熱くなる。本１冊なら誰でも出せるだろう。が、２冊続けて出せるということは、プロの物書きになれるかもしれない。収入のある定職らしきものが40歳で始まるかも、と思ったとき、H小PTAの母親の言葉が浮かんだ。

「門野さんて学校側副会長の先生とやり合うとき、民主主義とか子どもの人権とか同じ言葉を使って別々のことを言ってるのね。正直言って、両方ともよく分からないのよ」

借りものの言葉なんだ、もっと自分の言葉で易しく誰にも分かるように表現できないと、プロの道なんか歩めない。私が書けるテーマ、書きたいテーマは「女・子ども」なのだから、女・子どもに分からなければ話にならない、と目が覚めた。

学陽書房の編集者サンも易しく書くことに厳しかった。私は人の運に恵まれている。「辞書を引いてまで漢字を書かなくていいわよ。なるべくひらがなで」と彼女が言う。『わが家の思春記』がもっとも売れた地域を出版社が調べたところ、東京・足立区だった。こういう闘いかたもあるんだと、奇跡のような勝ちいくさにニンマリする。

しかし私は母親のせいで息子を傷つけ、転校までさせてしまった罪悪感で、彼の顔をまともに見ることが少なくなった。もっと賢い母ならば、愛するわが子を守り抜き上手に育てたに違いないとホゾを噛む日々だった。

私のとった言動には決して後悔しないが、母である私の泣きどころを突いた教育者どもの卑劣さから、息子を守れなかった自分の意気地のなさはあの世へいっても許せないだろう。

息子は高校を卒業すると上京し、練馬区の共同保育所の保育士になり、都立練馬保育学園の二部で学び、卒業後は東京都の障がい者施設の職員になった。男の子が大きくなると親とはあまり話をしなくなるとの通説通り、滅多に顔を合わせなくなった状況にも心が痛む。

やがて留学した娘が米・バークレーで所帯を持つと、ふたりだけの兄妹は仲がよく、電話とメールで連絡を取りあっていたようだ。

私と娘は電話と郵便だが、つい最近になって娘が電話で教えてくれたことがある。

「ママはお兄ちゃんのいじめ事件のことで、お兄ちゃんに嫌われてるかもしれないとずっと思っていたでしょ。最近その話をしたら、とんでもない思い違いだって彼が笑うのよ。学校でいじめっ子の両親たちが、すみません、すみませんとペコペコしているのに、ママは堂々と先生たちに抗議している姿を見て、オレのオフクロってカッコイイ！　と思ったんだって。ちゃんとコミュニケーション取らなければダメでしょう」

50年間胸の奥でつっかえていたものだ、スーッと溶けて落ちていくようだった。やっぱり言うべきことは言い、闘うべきときは堂々と闘う親の姿勢が子どもを育てるのだと、確信を持てたことがうれしかった。

50代半ばの息子だけど、今度会ったらハグしてあげよう……。

斑鳩PTA不入会宣言

斑鳩のPTAについても少し触れたい。

足立区から逃げて来たとき、もう二度とPTAなんかやるものかと決心した。ただPTAは全員自動加入制がほとんどのため、黙っていると会員にされてしまう。だから、斑鳩小学校（娘は小5で転入）の校長に、「ＰＴＡには入会しません。任意団体なので入る入らないは親の自由です」と手紙を出した。息子は斑鳩高校への入試が間に合わなかったので、1年間僻地の定時制へ通った。

　斑小の校長がすっ飛んできた。

「お母さん、困りました。ＰＴＡは入らなくてもよい団体だと皆さんに分かってしまうとまずいので、何とか入っていただけないでしょうか」

「私は東京のＰＴＡ改革で教師集団に親子で殺されそうになって転校して来たんです。私が入会しないほうが静かで平和ですよ」

「そういう親ごさんにぜひ入っていただいて活躍してもらいたいですねえ」

「じゃあ例えば、ＰとＴは対等だと規約にありますね。先生がたはＰＴＡ会費を払っていますか？　校長先生は入会できませんが」

「さあ、たぶん払ってないと思います」

「ね？　私が入って会費を払わなかったらどんな騒ぎになりますか。石を投げられますよ。また修学旅行や学校行事、先生の餞別などにＰＴＡ会費から出すでしょう。先生は会費を払ってないのによくもらえますね。このへんは東京のＰＴＡはどこも是正しましたが、私がここでまた一からやるんですか。東京より動かないと思いますよ」

「いやー、ぜひ教えてもらいたいです。外の風を入れてもらわないと、若い人が大阪に出て行ってしまうんです。何とか、せめて、お名前だけでも入ってもらえないでしょうか」

「名前だけ入って、会費は校長が払うの？」

「いやー、それは……」

「ね、無理でしょう？　私、今度は同和教育と闘うことになるなんてマッピラです。どこも言ってることとやってることが違うから、私が指摘するとアタマに来るんですよ。お互い、当たらずさわらずでいきましょう」

翌日はＰＴＡ会長が来て、校長とほぼ同じことを言った。少し若めの父親だ。

「東京から来はったら何もかも遅れていて、入るのがいや、となるんでしょうね」

「違います。子どもを泣かせてまでやることではないという、私の個人的事情です。かりに遅れているとしても、民主的なＰＴＡであることまで否定なさいませんよね」

「もちろんです。こちらでも研修会などで勉強してますから」

「民主主義は降りる自由を認めて、はじめて本当の民主主義といえるそうです。ＰＴＡは全員自動加入が大原則とはどこにも書いてありませんよ」

「ひと言もありませんが、しかし残念です。もし気が変わったらぜひご連絡ください」

何なんだ、いったい。片方は追い払うのに必死になり、片方は名前だけでも入ってくれと言う。入らなければ喧嘩することもあるまいと思ったことも甘かった。彼らはどちらも、上意下達でなければ許さないのだった。男たちが決めたことに女は黙って従え、だったのだ。

斑鳩では子どもの親として学校に問うことがたくさんあった。まず公立校なのに小学校から制服を強制するのはどうして？　には、校長が「制服ではありません。標準服です」と逃げた。あと1年だから、と娘を説得すると、制服に似た色や型の服を娘は着て行った。健気だ。

修学旅行になぜかPTAから賛助金が出るので、担任に「ひとり分を算出してください。現金で払います」と言うと、会長が言った。

「PTA会費を払ってないから旅行に連れていかない、なんてケチなことは言いません」

これには私が怒った。

「オナサケで行かせてもらう問題ではない。子どもの学習権を何だと思っているんですか。教育の主人公は子どもです。子どもの学習にPTAがカネを出すのは間違いですよ。義務教育は無償とする、と国が定めているんです」

今度はPTAに入らないために娘に嫌な思いをさせている。早く学校と縁を切りたいと思っていたら、中1の夏休みに娘が勝手に「国際児童年・少年の主張全国大会」に応募してきた。バカだね、いじめのターゲットになるだけだとも言えずにいると、「先生、お父さん、お母さん、私たちに正しい性教育をしてください」と訴え、中学生の実態をほんの少し話したら大騒ぎになった。

奈良県代表→関西代表→全国大会で文部大臣賞、そして各紙報道、ＮＨＫ教育テレビと大騒ぎが続き、娘と笑った。どうということない可愛い訴えに大騒ぎするバカな大人たちを。

案の定、７人のツッパリ女子に、学校のトイレで娘が頭から水をかけられてボコボコにされ、担任が飛んできた。私は言う。

「あの子たちは常習犯なんでしょ。いじめは校長が本気になるとなくなります。娘が二度やられたら学校を訴えますので、校長の誓いの一札をください」

「ぼくの考えが甘かった」と彼は帰った。

こっちはいじめで血の涙を流しているんだ。

夜、７人の母親らが謝りに行きたいとの代わる代わるの電話を断った。親が謝るから終わった気になる。親は謝らずにいじめを忘れずに子どもを見守ってほしい。ツッパリは担任立ち合いで娘に謝るべきだ、と。それでも終わらなかったが、娘が強くなっていた。

いじめのひとつなくせないＰＴＡって、何のためにあるんだろう、ネ。

ちなみにバークレーの小・中・高ＰＴＡは夜開かれる。皆働いているから夜は腹ペコだ。ピザと飲み物が用意され、食べながら懇談会や講師の性教育などを聴く。子どもの教育のための活動なので、会費もピザもすべて税金から出る。

土、日の昼間にはＰＴＡのバザーを開き、税金で足りない分を補ったり、中学生の文化祭（主にバンド演奏）を共催したりして親子で楽しむ。高校生になると本格的なクラブを借り切ったダンスパーティーに、芸能人も顔負けのドレスアップした会を共催。この卒業パーティーへは会場の往復をリムジンの相乗りで、夜中まで続く。

子どもらは義務教育は無償だから、文房具、参考書、備品など勉強に関する物は全部無料。塾もない。衣食住は親の管轄のため制服はなく、昼食は毎日1ドル50セントを持ってオーガニックのバイキング。学用品は学校のロッカーにしまうから、日本のようにウン万円のランドセルも要らない。とにかく子育てにカネがかからない。

中・高では3校の1校に、10代の父母が勉強中に預ってくれる赤ちゃんのベビーベッドがずらりと並ぶ部屋があり、ミルク、離乳食、紙おむつ、プロの保育士など全部タダ。妊婦には特別メニュー給食が出る。

アメリカは少子化の心配がなぜ少ないのか、参考のために記した。それでもＧＤＰ（国内総生産）に占める教育への公的支出が、最も多いのは北欧で、アメリカは大学以上が有料のためトップクラスに入ってない。日本はＯＥＣＤ（経済協力開発機構）34カ国中、ナント最下位

（2015年）である。

ああ、管理組合

PTAの修羅場をくぐってきた私は、施設の管理組合会合ののどかさに素直に感嘆した。人のよさそうなジーサンズが理事長以下三役に座り、私が入った当初は女2名の三役が補助役で、加えて会社側から2名とディレクター1名の、何の〝食欲〟もわかない構成。

対するは女ばかりの理事など一時は私も含んでいた10人以上の光景は、男が話して女が黙って聴く日本式会議だ。

何を感嘆したかというと、バーサンズは皆足腰の痛みに耐えながら列席しているのに、実に4時間というジーサンズの長談義を、硬いスチール椅子に座って根気よく聴いている忍耐力にである。毎回、誰も文句を言わないのには舌を巻く。「耐えて尽くす」女のモデル像だ。

間にトイレタイムが入るが、副ジーサンがはじめのころは私のところへ来て、会長ともども三役のなりてがないので、ふたりとも邸宅が神奈川県にあるのに月1、2回、ポケットマネーでJRチケットを買って来館するなど、いかに大変かを切々と語る。4時間の会議くらいに文句は言えないぞ。

（そんなに大変なら辞めればいいじゃん）なんて、いつもの毒舌を吐いてはいけません。私は必死に微笑みを浮かべながら「まあ、ご苦労様です。おかげさまで助かります」と自分でもよく分からないことを言って、「男のメンツ」を立てる。男の〝コジニケーション〟はパワハラだと言っても分からないだろうよ。

会議が4時間もかかるのは、司会進行をちゃんと立てないためだ。例えば厨房の機械を取り替えるのに、メーカー2社の製品のコピーを全員に配り、どちらがいいかと素人のバーサンズ相手に長丁場を繰り広げる。またあるときは厨房の汚水を濾過するとか何とか、バーサンズにはチンプンカンプンの時間が過ぎる。はっきり言って聴き役は不要の専門的内容だ。

アメリカから帰国すると、杖をついた骨粗鬆症バーサンがボヤいた。

「昨日の会議は5時間だったのよ」

「いやならいやって発言しなきゃあ。自分のからだは自分で守らないと誰も守ってくれないわよ」

では、ジーサンズは疲れないのだろうか。

彼らは現役のころは会社などの会議でしのぎを削ってきたろうが（その割には会議の方法を知らないのはどうして?）、リタイアすると人前に立つこともなくなり、家にいれば家族に厄介者視されるか、老夫婦かひとり暮らしで話したり笑ったりがほとんどなくなると思う。

ボランティア団体でも管理組合でも町内会でも、長と名のつく役付を頼まれれば無報酬でも飛びつくのは、人の前に立ってくだらないことを言うだけで男のプライドが復活するからだろう。それにずうっと無報酬ということはありえないし、補助金が出る団体などは特に辞められまい。あくまでも一般論だが。

ここの管理組合は文句を言わない「美婆」が10人余も神妙に、ご隠居の長談義を聴いてくれるのである。男冥利に尽きる至福のときだもの、4、5時間ではとても足りないのかも。木戸銭を支払ってでもその態勢をキープしたいだろう。男の上から目線の下に、女の従順さがとぐろを巻く。

ホステスのように親切に

東京の友人から連絡があった。

「あなたが入った施設の会社、最近すごいわね。ガンガン宣伝して売りまくっている感じよ」

全国的に展開しているケアハウスやマンションの件は、遠い親戚の老夫婦が宣伝につられて熱海に物件を見にきたほどだ。

昼食後、食堂に呼ばれて老夫婦に挨拶し、営業マンがついているので施設のいい面だけを話すと、帰りがけに営業マンが礼を言った。

「実際に入っているかたが話してくださると、説得力があっていいですね」

彼の率直な感想だろうけど、入所者が会社の社員のように思えておかしな気分になった。いや、彼にその厚かましさはなかったが、会社と管理組合が入所者全員に〝同族意識〟を当然とし、社員のように社の利益に奉仕することを期待、さらには強要する集団でなければいいがと不安になった。

ある日の会議は、リフォームした部屋をもっと積極的に売ろうというジーサンズの話がテーマで、完全に会社の営業会議と化す。物件が売れれば組合にバック金が入るのだが、「借金」返済で数字が動くだけだ。借金返済とは出て行ったり亡くなった人の未納金の返済に充てるそうだが、1億を超すというハンパな額ではない。

そのハンパでない額について入所と同時に片棒を担がせられる事実は、たとえ個人的に返済の義務はないとしても、理不尽に思える（契約時に説明も断りもない）。

ＰＴＡ会費はＰＴＡ会員のために使うことが道理のように、管理費は現入所者のために使うことが道理である。入所者の事情でいなくなった人の未払金は、現入所者に支払う責務はなく、しかも未払金が長年のたまりたまった累積赤字なんだから、経営陣側が払うべき商いのリスクにほかなるまい。経営の怠惰や失敗を客である入所者に押しつけるなんて、まさか、信じられない。入所者が誰も疑問を呈さないとは、もっと信じられない。

しかし、私がここで言いたいことはカネのことではない。いつものようにジーサンズが機嫌よくのどかに部屋を売る話を繰り広げているとき、理事長、副理事長、施設長の男3人が誰が口火を切ったか不明だが、要するに口々に共感の意を唱え、会社側2名や男の理事らも大きく共鳴した迷セリフとは……。

「部屋を見に来たお客さんが食堂でご飯を食べるときにね、もっと皆さんがホステスのように積極的に親切に、ここのことを話してあげるとよく分かっていいんですがねえ」

「ああ、いいアイデアですね。女性のかたたちがホステスのように優しくここの内容を説明すると、お客さんが買う気になってくれると思いますよ」

「食堂でお客さん同士だけで食事しているんですよ。もっとホステスのように客の間に入っていって、ここのすばらしさを宣伝しなければ売れませんよ」

バカヤロー、どこまで女を蔑視する気か、これはセクハラだ！　と抗議しようとしたが、グッとこらえて様子を見た。ひとつは、他の女性理事たち10余人の中で、何人が「ちょっと言いすぎですよ」とか「失礼じゃないですか」とクレームをつけるかどうかが見たかったこと。ひとりもいなかったが。

ふたつは、私が抗議しても、ジーサンズは何を怒っているのか分からず、キョトンとしたかも。なぜならば彼らはホステスが大好きで、バーサンズを美人視してやって褒めたつもりなのに、何で怒られなきゃならないんだ？　となるのが関の山。それでも私がいきりたって説明すれば、ホステスをおとしめて職業差別だ、と話があらぬ方向へ行きかねない。

バーサンズが女の性を侮辱されて何も感じないんだから、ジーサンズに日本は男女平等の憲法を持った名だたる国ですよ、と言ってもしょうがないか。要するに私だけが傷ついたのだから、私だけがその環境にいなければどちらも平和に暮らせるわけだ。辞めよう、足を抜こう、とそのとき決意した。会員の権利として参加したが、子どもを学校に人質に取られているわけじゃなし、わが身ひとつだ。40年間の経営ミスでオリのようにたまった1億円以上の赤字を、どうかできるほど私に力量はない。

それでも管理組合や趣味の会で活躍する私が好感を抱いているバーサンズに、ホステス論になぜ抗議しなかったのかと聞いてみた。

「えっ、何のこと？　そんな話が出ていたの？　知らないわ」

ふたりに別々の機会に聞いたが、反応は同じだった。

ナーンダ、おそらく他の女性理事らも同様だろう。会議を聴いていないのだ。目を開けて昼寝をしていたのかも。だから4時間もの会議をつき合っていられるのだとナットク。

ところが数カ月後、ふたりのうちの片方が前言を翻してきた。彼女は当館では珍しい理屈屋で親しくしているが、いささか主張が古いことが多い。もちろん個人的な場面で。

「何ごとも最初は1人じゃない？　1人が2人になり、2人が4人になり、4人が8人になって……」と人のいい姉サン。

悪いけど茶々を入れる私。

「ねずみ講よろしく増えていってやがて革命が起こる、でしょ？」

「そうよ」

「昔、労働組合か関係企業に勤めていた？」

「ううん、私のいた会社は家族的経営で居心地がとてもよかった」

「すると革命論は実践してないのね」

「うん、聞いた話よ」

4人が8人になると教師らが人海戦術で「門野とつき合うとお子さんのためになりませんよ」とごぼう抜きをする話は、そのマニュアルにはなかったのね、とは言わなかった。

さて、彼女が前言を翻したのは、

「私、あのときちゃんと聴いていたけど、ホステスというコトバは誰も言わなかったわよ。お客さんに説明してあげましょう、とだけ理事長らが言ったと思うけど」

「ひとりがたまたま1回ホステスと口をすべらせたなら、聞き流すこともできたわ。でもジーサンズがいい案だと、便乗して次々とホステスと言ったのよ。私には何回も聞こえたわけよ。

ノートに走り書きのメモもある」

「そう、私は聞こえなかった」

「私は性差別に敏感な女、あなたは性差別をいいとは思ってないけど、聞き耳を立てるほどじゃない。4時間の長丁場をちゃんと聴くなんて人間技ではないでしょう。生きかたは多様がいいけど、自分の言動がどういう未来に向かっているか考えなければネ」


偶然にも2カ所の施設の友人から電話があったので、管理組合の三役のことを聞いてみた。1カ所は三役全員が女性であり、数年前に勝ち取ってから風通しがよくなったと。

「だって女のほうが元気で長生きするもの。半ボケの男たちには任せておけないよ」

もう1カ所は、寸前で女性だけ三役は叶わなかった。だがこの負けが女たちの結束を固め、来年に向けて署名運動などできることは何でもやろうと画策していると言う。

これも偶然だが、どちらも入浴の際は、入る前に石鹸で全身を洗ってから入りましょう、と申し合わせ、新入りの入所者には厳しく伝えるそうだ。1回言えば済むからと。要するに、社会性の問題だ。

どちらも八十路のＧｏｉｎｇ　婆あ　ｗａｙ、いきいきと声がはずんでいる。

Part6　昭和の女たちが支えた地域活動

生活クラブ生協のコーラスグループ

すんごい声、というより大音響が響き渡る。ふつうコーラスは舞台の上で歌われるのを客席で聴くものだが、10人ほどのバーサンズが私の目前で声張り上げて吠える。ピアノで音を取りながら上体をねじってダメ出しするのは、彼女らを圧する声量の若いオペラ歌手。どちらも真剣勝負の、私にとっては希有なチャンスにぶつかった。

決して狭い部屋ではない。東京・練馬区の生活クラブ生協大泉センターの会議室2つをぶちぬいた、格好の練習場である。東京都のコンクールなどに出場する際は、総勢20名のメンバーだが、今日はその半数が集まっての練習日。

コーラス部など各地にあまた存在する高級趣味の集いなのに、なぜ大泉センターかといえば、私が20年以上いた前住地であることと、練習室に鎮座ましましているピアノがわが家の〝宝物〟だったからだ。もちろんママに調律しているだろうが、道理でいい音色だとやに下がる私。

離婚して奈良・斑鳩から練馬区の小さな借家に移り住むと、いかにせんピアノが邪魔だった。息子も娘も一応ピアノを弾けるようになり、やがてどちらも保育士の学校や現場で役立ったが、帰京して新しい世界に夢中になった子らはピアノを奏でる間もなくなった。

同じ町内に私と同年配の茂木由紀子さんがいた。性格も趣味も異なるのに妙にウマが合うというより、模範主婦の彼女はいろいろと便利な人で助けてもらった。その由紀子が大泉センターにピアノを寄付すれば、家で埃をかぶっているより皆に使われてピアノも幸せだろうと言う。生活クラブのオルグを活動のひとつにしているだけあって、口が上手い。

生活クラブ生協はできてから50年になる。安全な食べ物を共同購入するため、都市農業を営む農家などと直接契約し、オーガニックの野菜、米、牛乳、卵など市価より高い〝からだにいいもの〟を食す、ミドルクラス家庭が主となって組織化されているようだ。

全都では食を通して環境汚染問題も追求し、イベントなどでの啓発にとどまらず、区・市会議員や都議会議員に少数派ながら代表を送り続け、政治に関与しているのが他の生協集団とは一線を画すところ。「生活者ネット」という別枠から1～3人の議員を出している。

生活クラブは全国に同じようなセンターがあるが、文化活動はさまざまらしい。

大泉センターのコーラス部は現在「チルコロ・デッラ・コラーレ」という名称で、30周年を迎えた。東大泉在住のころは由紀子とカラオケに幾度か行ったが、高い美しい声で歌曲を歌う彼女がそんなに年季が入っているとは知らず、ショボい声でシャンソンを歌ってお茶を濁した。私は高音が出ないのだ。

さて、コーラスの先生は、音大卒業生のプロの男性オペラ歌手。イタリア留学をはさんでコーラスの指導を長くしてくれたが、当会に自主運営のためたびたびバザーなどの資金活動で頭を悩ましていた部員たちだった。

私も現物カンパで協力するときもあったが、何せ離婚後の貧乏暮らし。〝からだに悪いもの〟をスーパーで買い求め、生活クラブに入会する余裕などなかった。安かろう悪かろう食品で病気になるわけじゃなし、歌なんか歌ったって腹の足しにもならねえ、が当時の私のテツガクだからして。

ところで、どうして高名な先生がこんなところに指導に？　という図がときどきある。

私も都立竹台高校のクラブ活動で、バレエ部に入れば先生は小牧バレエ団の鈴木たけし氏、当時男性ダンサーのナンバー2であり、演劇部に入ればＮＨＫ東京放送劇団の小山源喜氏が高校生にスタニスラフスキー論を教えてくれたのである。おふたりの真価が分かったのは大人になってからだが、ホンモノに接しられた感慨は私の人間賛歌の地下水脈として流れ続けている。

で、当コーラス部の先生が30周年を機にお辞めになると、なんとイタリア帰りのフレッシュな女性が担当してくれることに。地域の教会で先生のお母様とのつながりが幸運に結びついたという。

川村純子さん。東京芸術大学声楽科卒業後、イタリア留学。イタリア各地の声楽コンクールで優勝・入賞に輝く。プッチーニ作曲の「ラ・ボエーム」のミミ役、同じくプッチーニの「トスカ」のタイトルロールなどソプラノ歌手として数々のオペラ公演に出演したかただ。

私はオペラやクラシック音楽は嫌いではないが、ミュージカルやバレエ公演のようにハマるほど夢中になれない。が、美しい歌曲、ナマのピアノ、ナマの合唱はド迫力があって心の奥まで届く。やっぱりナマはいい。

私だってナマアシとナマクビの迫力で、道標のないチョー高齢時代を生き抜いていかなければならないのだ。由紀子の高尚な生きがいと私の大衆路線はほとんど交わることはないけれど、互いにあの世への伴奏には事欠かない。

コーラスでハートのマッサージ

美しい合唱曲が次々と歌われる。女声合唱とピアノのための「花に寄せて」は、星野富弘氏作詞、新実徳英氏作曲とあるが、作詞の星野氏は体育の授業中事故に遭い頸椎を損傷し、障がい者になったという。突然の不幸にも負けず詩と絵を不自由なからだで書き出した不屈の人である。

道理で美しい合唱曲は、生命賛歌の力強い言霊と旋律が心に響くはずだと納得。だが、私が川村先生をオッと思ったのは、彼女のコミュニケーション能力だった。歌の指導を熱く運ぶのはプロだから当たり前だろうが、皆を引っぱる呼吸や構えが全身からほとばしるよう。

「さあ、いらっしゃい。何でもＯＫよ」

と言わんばかりに挑発するような乗せかたで、言葉を返すときも何とか面白く言ってやろうと、サービス精神満杯の人なのだ。

「アルトさんが入っても、我が道を往ってくださーい」

リズムが難しい曲では手拍子で指導するも、「微妙な迷いがあるな」などと厳しい。

つまり会話をトントンと波に乗せるには、言葉の終《しま》いが、〝男コトバ〟になるのだ。そのほうがリズムも速さも出るから、私も常々男の簡潔な文化を羨み、よく使っている。

そうだ、さあ来い、何でも来いと構える面白がりの呼吸は、おこがましいけれど川村先生に私が似ているところからの〝オッ〟だった。私の場合は会話のそれだけでなく、文章の面白さやリズムも入るが。

川村先生のために男コトバの誤解を招かぬよう念を押しておきたい。元女性国会議員の「違うだろー」「この××ーッ」とは一線も二線も画すことは言うまでもありません。

気さくな若い先生のためか、皆よく歌いよく笑う。感想を求められた私が「さすが、いい声ねえ。よく揃ってるわ」と褒めると、メンバー曰く、「次の週に来ると、全部忘れてる」と、落としかたを心得ている。ウマい！

すかさず先生がフォロー。

「いや、引き出しにしまっているんですよ。ちょっとつつけば出て来るから大丈夫。今日は特に声がよく出て揃っているわね」

「気持ちが揃っているから」とメンバー。

「そ、間違うときも一緒です」（笑）

見事な掛け合い、見事なチームワークだ。この調子ではコンクールどころか、討ち入りだってできるぞ。

メンバーのひとりが気を利かせて言う。

「今日は聴いてくれる人がいらっしゃるので、いつもより少し張り切ってるんです」

たびたび割れるような爆笑つきの練習は華やいで、まるで少女たちの集いのような躍動感がある。大泉センターってこんなに役者が揃っていたっけ？　と私は過ぎた時間をたぐり寄せる。

練習が終わってお茶のテーブルを囲むと、門野は何歳になったの？　と聞かれた。

「何の因果か、今日で満80歳よ」

ＴＶの化粧品のコマーシャルでよくある図。

「うわー、若い。とても見えないわ」

高尚な音楽活動が済むとタダのバーサンズに戻るのは許せない。ヨイショしただけと分かっているが〝見てくれ〟に決着をつけて帰らなければ。

「化粧をするとき鏡の中の自分と対峙するでしょう。でもその顔はほとんど無表情で、老け顔を何とか化けようとする作業よね。でも私は今日美しいコーラスを聴いて高揚し、幸せホルモンが全身を駆け巡っている。おそらく私の顔は輝いていると思う。

あなたたちもそうよ。目いっぱい声を張り上げて歌い高揚し、目をキラキラさせている表情は自分で見ることはできないけど、すんごく美しいの。いい恋愛をしているときと同じエストロゲン（女性ホルモン）が噴き出しているのよ。これがすなわち認知症になりにくい秘訣だそうです、ハイ」

80歳には80歳の美しさがあるというのはシワの数ではなく、精神を鼓舞する何かがあるか否かだろう。人生１００年時代を楽しく生きるには、見てくれよりもハートのパックやマッサージが必要なのだ。

川村先生は「まあ、お誕生日おめでとうございます。皆で歌いましょう」と、いきなり〝ハッピー　バースデイ〟。先生を含む11人がますます私の目前で歌うのに、先生は途中から1オクターブ高くろうろうと宙を震わした。

鳥肌が立った。こんなダイレクトな誕生祝いは初めてだ。

先生はイタリア旅行から帰国したばかりだそうな。〝若さ美しさ〟はあまり羨望視しない私だが、こういうときはうなってしまう。時差ボケがなくなるのに1カ月もかかる私としては――。

地方選挙の応援演説

叱られそうだが、私はこの日、コーラス部への取材がメインではなかった。既述したように練馬区でも「生活者ネット」から区議会議員を1～3人当選させ、大泉センターでも由紀子をはじめ支持者らがまるで自分が立候補したように、朝から晩まで選挙に駆けずり回っていた。

何が良妻賢母だと私があきれるほど活動的だった地域の主婦軍団、に見えた。

私は男に操られ遊ばされる（各センター長はイケメンの中年男といわれている）男女の構図が嫌で、生活クラブに入らなかったし選挙も手伝わなかった。もっとも各政党の婦人部はどこも同じく、男を立てるために女が搾取される日本の「男女平等」だ。「婦人部」はさすがに改名したらしいが。

由紀子の足を引っぱらなかったのは、この地域活動にある程度自由に出ていくために、家族に迷惑をかけないように家事を済ませ、食事も作っていくにもかかわらず、夫と妻のすさまじい闘いが始まった家が多いと聞いたからだ。

いまの若い主婦には想像もつかないほど、新憲法下で民主主義を生き出した昭和の女たちには、身じろぎをすると初めて見える家内奴隷の太い鎖があった。私なんぞ、よりによって「関西の旧家」の長男に嫁いだというアホらしさ。そのいまいましさを抱えつつ離婚して自由の身になった者としては、少なくとも生協活動で自分を生き出した女たちだ、政治の場に仲間を送り込む動きを心情的には支援していた。

実母を介護しながら執筆・講演を続ける私の知名度が上がってくると、由紀子が練馬区区議会議員立候補者の応援演説をしてほしいと頼みにくる。

「ご冗談でしょう。私はこれでも一応親の介護をしながら仕事らしきものをする孝行娘よ。候補者が介護を手伝うならまだしも」

「私がお母さんの食事を用意して運ぶわよ。だからいいでしょう?」

「早朝から夜8時までお願いしますお願いしますって米つきバッタみたいに頭下げるなんて、

やなこった。日本の選挙ってダサイのよ。足を引っぱらないだけマシでしょ」

「出てこられる時間だけでいいのよ。候補者の隣に立って、いつも私に話すようなことを述べてくれない？」

候補者を中央に立たせ、幾人かでヨイショの応援をするのかと出て行けば、なんと私だけが辻説法よろしく候補者との二人三脚。自分で立候補したのと違って、こんなバカバカしくみっともないボランティアはない。次回からは絶対にしないぞ、とホゾを噛む。

4年後、右の候補者と由紀子が今度は一緒に来宅。私はますます忙しく、仕事は全国版になりつつあった。喧嘩腰で玄関で追い返そうとすると、退屈しきっている母が顔をのぞかせて言う。

「上がってもらいなさい」

私はお茶を入れるべく台所に立ち、母が喜々として来客に挨拶すると、候補者がやおら一升瓶をドカンと母の前に置いた。飢えた子の前に食べ物を広げたようなセコい戦術。母には晩酌をほぼ毎日1合くらい出していたが、何せ病に伏す前は1升酒を呑んでもビクともしない酒豪だった。

大酒呑むのは来客時だけとはいえ、毎度同じボヤキを繰り返す老母。

「気持ちよくなるまでにお金も時間もかかるから、呑んべえは損だねえ」

候補者は恐縮して言う。

「おからだの悪いお母さんを介護する晴子さんに、選挙を手伝ってくださいとは申し訳ないんですけど……」

「いいえ、私はこの通り元気ですよ。大してお役に立てないでしょうが、ま、よろしかったら晴子を使ってやってください」

ゴーツク婆あは誰かが来ると元気になる。

住民が創った足元の民主主義

さて、コーラス部のティータイムに戻ると、いつも選挙の辻説法をする私のそばでチラシを配っていたCさんがいた。少し年上なのか大人っぽい雰囲気がある彼女を思い出し、生協の昨今について語ってほしいと頼む。

個人差はあるだろうが、ヒマもカネもまあまあある太平楽な年寄りの大量出現を生んだ日本のチョー高齢社会。それは70年余も戦争がなく、平和で安定した暮らしが続く、島国の奇跡的な現象といえなくもない。

ただしその平和は自然現象ではなく、平和憲法と民主主義を手にした国民がよりよい社会を築くべく、各種の市民運動、女性解放運動、労働・学生運動などが体制に異議申し立てをし、闘ってきた変革があってこそだ。

そこは譲れないこの国の市民の現代史がある。ただ、「平和で安定した暮らし」と「自民党長期政権」の蜜月は、戦後70年も続いている。虐げられた子ども・高齢者・障がい者など社会的弱者の人権問題、原発や基地沖縄問題、環境汚染や地球温暖化問題などなど、もちろんなお、闘い続けている頭の下がる人々は健在だろうけれど、おおかたは諦めて口を閉じてしまったりあの世へいってしまったり。その結果、のっぺら坊のような社会になってしまったのか。

私はCさんに話しかけた。

「なんか全体的に静かで大人しい人ばっかりになったような気がするけど、Cさんの周囲はどう？」

「以前はいろいろとモノ言いをしたわよね。生活クラブだけでなく、地域、町内でも声を上げる人たちがいたのよ。誰かが〝この指とまれ〟と手を挙げるとワーッと集まってきて、川の水をきれいにしたり、緑化運動もやったりし、家庭が地域社会と直結していた。まさに足元からの民主主義で、地域から変えようと目的もはっきりしていた。イニシアティブ闘争に明け暮れる政党政治なんてチャンチャラおかしいくらい」

「ホントだ。離合集散を繰り返し、政治をやってると錯覚している国会・地方議員らより、はるかに足が地についていたと思う。生協の環境問題への取り組みや、杉並、中野、世田谷など各区の市民運動による反原発、学校教育問題などの告発で、目が覚めたことがたくさんあったわね」

「ところがいまは保守化が進んで、誰も何も言わなくなった。自分と家族のことだけ考えて、地域のヨコの繋がりなんてどうでもいいのよ。天災でも起これば地域を思い出すのかなあ、なんて……」

地域の相互扶助関係は衣食住が各々満たされれば必要でなくなるうえに、コンピューターという独りで生きられる装置が地球上を覆ってしまった。人が独りでは生きられない理由に孤独感があるけれど、今やテクノロジーが家族の絆さえ不要な「孤高の王様」を実現させてしまった。独りで生きる自由や権利も、社会の一員として有機的に存在してこそではないかと思うのだけれど。

2017年のミニ統一地方選挙で18歳から選挙権を得た若者らにテレビが抱負を聞くに、「このままでいい。何も変わってほしくない」と口々に言っていた。大人たちが内にこもり保守化したことの反映だから、若者らの覇気のなさを嘆いてもしようがないが、意識的に夢も希望も抱けぬ彼らの現状維持には危機感を持ってしまう。たまったエネルギーをどうするんだろうと。

だいたい18歳からいきなり選挙権をあげます、と言われても戸惑う若者は多いだろう。高校によっては選挙や政治について教師が授業をしたらしいが、長年、政治を身近にする教育を怠ってきたのに、1、2回で分かるはずはない。政治オンチ・体制順応の若者育てが政府・文科省の教育目標だったのだろうと思わざるをえないほど空虚だ。

アメリカでは日本よりはるか以前から18歳で選挙権を取得するが、私の孫が通うバークレー市の公立中・高校では、例えば今回では大統領選の前にトランプとヒラリー役を生徒から選び、テレビなどで候補者が主張している内容をそっくり真似て、両者の公開討論会などを開催する。もちろん投票も行う。

つまり実際に疑似選挙を行って、本物の予想をするのだそうな。面白そうな生きた勉強ではないか。日本では誰がどこで、生徒に興味関心を持たせることを躊躇しているのだろう。保守対リベラルだって拮抗するからこそ面白いのだ。

政権交代も見通せず、淀んで異臭を放つようなこの国の政治が嫌だ。18歳で選挙権を得ても何のありがたみもないだろう。長期の保守体制は決して安定ではなく、崩壊の兆しをはらむことは、モリそばカケそばの一件（森友、加計学園問題）だけでも食わなくたって分かりそうなものだ。

「それでさあ、辛いだろうけど生活クラブに戻って終わりたい。いまはどうなったの？」

「コーラス部も含めた文化活動をチルコロと称して40年。いまはヨガ、体操など健康教室も。働いている主婦が増えて、共同購入の班が成り立たなくなって、出店（スーパー式）と個人契約（配達つき）になったわ。若い主婦は会員になるよりスーパーで働くし、何もかも様変わり。ひとり暮らしの人からは鍵を預かって、ワーカーズの個別配送が増えたのも時代でしょう。個人がバラバラになっちゃった感じね」

ムラ共同体はかつて東京にもあった。年寄りの独り暮らしが増えて、いい意味での共同体の出番となったときに、「人さまに迷惑はかけたくない」と自己完結の守りばかり。

Cさんらのコーラスの大声は、人のぬくもりが息づいていた時代へのレクイエムにも聴こえてくる。

とはいえ、会員個々の状況や思い入れはそれぞれなので、生活クラブで続いている運動を羅列したい。

▽ネットの議員を通じて環境問題、ゴミ問題（ダイオキシン）、大気汚染問題。公園を残せ、自然を残せ運動

▽国会に張りつきデモで意見表明

▽老人給食、子ども食堂に携わる

▽シングルマザーの子育て支援

▽コーラスグループ、ヨガなど健康教室
▽チルコロサロン・懐かしい曲を歌いお茶をしながら〝時の話題〟を語り合う。老化が進んでも署名活動ぐらいできる、と頼もしい
▽私立校の無償化の署名活動（いじめで公立校に行けない子どもを受け入れる私立あり）

こう並べると懐かしい香りがしてくる。老いは特別な日ではなく、中・高年に続く日々であり、問題は何も解決してないいんだからやり続けて当たり前なんだ。それでこそ「Ｇｏｉｎｇ婆あ　ｗａｙ」だ。ご健闘を祈ります。

Part7　私立有名校に息子を殺されて

楚々とした鉄の女

いかなる状況でも背筋をシャンと伸ばし、顔を上げて、この厳しい高齢化時代を自立して生きぬかなければならない。となると、結局は健康に恵まれたシニアだけがいきいきとゴーイングする話？　それじゃあ強い者が勝つただの強者の論理ではないの、くだらない、という声が聞こえてきそうな〝婆あ道〟。

かといって老い病んだ人が、自分の心身の痛みを語るのはつらい。病というのはあらゆる要素の集大成である場合が多いからだ。

そこで、家族が幾多の不幸や死に見舞われながらも涙の淵から立ち上がり、言うべきことは言い、闘うべきことはどこまでも闘ってきて、いまや自分が老い病んだ人に、右の論理をはね返してほしいと願った。

こう紹介するとどんなアマゾネスかと思われそうだが、小柄で可愛らしく、しかも私の友人の中では数少ない本格的なセレブ。いいオウチで育ち恵まれた奥サマ業を闊歩する彼女と、庶民派の私は永遠に交らなかったはずだ。

岡マユミさんは私より2つ年上の82歳。私が彼女に惹かれたのはそのしっかりした闘いぶりよりも、上品な甘い雰囲気だ。どんな家庭で育ったのだろうと聞き出すと、何と父親は新派の名優、永井柳太郎さんだと言う。

既述したように私の父が歌舞伎、新派、ＳＫＤなどに幼い私を連れ歩き、長じては映画やテレビの舞台中継で観ていたから、温和な柳太郎さんのお顔はよく覚えている。だが、芸事好きな私もマユミと会うときは教育の市民運動のため、ほかの運動仲間も常にいたから、話題は文部省（現文部科学省）や学校の悪口ばかりだった。

芸術家のいる家風は自由そのもので、女ばかり5人姉妹が通学するようになっても、父親が「今日は気分がいいから京都に行こう」と娘を伴うユニークな環境だった。梨園の家庭のように家を継ぐ芸事の厳しさもなく、素人の歌舞音曲に対する憧れもなく、それらがあって当たり前の環境――世田谷区経堂の邸宅――に俳優たちが出入りしていた特異さだった。

その上マユミが中1のときに母親が亡くなり、父親が再婚したのはいいが、継母は3人の子連れで女の子ばかり。計8人の姉妹となった。

――話を聞くだけでむせ返るようよ。

「継母を入れて女たちが9人。男は父だけ。父の晩年のお正月に私たちが髪を結ったとき、父が何て言ったと思う？　まるで置屋にいるみたいだって（笑）」

――さすが役者ね。源氏物語か千夜一夜よ。あなたは8人姉妹の何番目？

「2番目。父は8人を名門女子校に入れたところ、女性校長が、女は自分の口で自分の意見を言えなければいけないって。ホームルームが自己主張の時間だった」

――えっ、良妻賢母教育じゃないの？

「とんでもない、バリバリのリベラリズムよ。ヨーロッパから帰った先生も、ヨーロッパでは18歳から社交界に出て行くのでコミュニケーション力はもちろん、ワルツくらい踊れるようになりなさいって。父も皆が集まると、それぞれの意見を言いなさいって促したし、結婚後はクリスチャン一家ということもあって内も外もリベラルだった」

山中恒さんの著書『ボクラ少国民』の中に、「戦後、日本の教育が輝いていた一時期があった」という忘れられないフレーズがある。

敗戦後、憲法・教育基本法の制定によって日本中が民主主義の明るい空気を感じ取り、マユミの私立校のようなリベラルさもたくさんあったろうし、私が疎開先の福島県で「綴りかた運動」や「弁論大会」に育てられたのも事実である。

敗戦5年後に朝鮮戦争が始まり、日本丸はあっという間に方向転換するけれども、子ども心に植えつけられた明るい希望は齢80代になっても、ちょっとやそっとでは諦められない。何となれば、その理念を国づくりに成功させた国々もあれば、政治状況は保守と革新で拮抗していても国の礎は民主主義が当然という国も多いからだ。

教科書検定制度は違憲だと日本国を訴えた故家永三郎教授も、大きな判決が出た報告集会で忘れられない言葉を残している。

「人類の歴史はギクシャクしながらも、人間解放に向かっている」と。

どうも間もなく黄泉の国からお呼びがかかるかと思うと、これだけは言い残したいという姿あの繰り言が果てしない。

柳の下にどじょうが何匹もいる

さて、マユミの生育歴をもう少し続けたい。

彼女ののびのびと育った性格のよさと優しさに触れるとき、どういう子ども時代を過ごしたのか聞きたかったが機会がなかった。文部省に陳情に行っても、市民運動で親と教師が集まる場でも、いつでも自然体で淡々としている彼女の姿勢が羨ましかった。

「高校を卒業してから父のカバン持ちで、いろいろな人や場所に連れて行かれたから、場馴れしていたんだと思う。いいことばかりじゃないわよ。いつも美男美女に囲まれていたから、年ごろになってもちっともトキメカないのよ（笑）」

マユミが私にオクテと映ったのは、場馴れを積み重ねた家庭教育の余裕だった。人の集まるところで必要以上に緊張してしまい、失敗を重ねてきた私とは対象的だ。

おまけにノノトシコノテも人見知りするタチは一向に治らず、ニンジンだかかればマラヨッとどこへでも走り出す。ときに大失敗をして、もう人間やめようかと深い穴ボコでうずくまるたびに、マユミの〝天の声〟が聞こえてくるのだ。

「あなたの柳の下には大小のどじょうが何匹もいるのよ。太ったどじょうを掴んで巻き返しをしたとき、あのことがあったからいまがあるって幾度も思ったことあるでしょ。強運も人の運も才能のうちだというのはあなたを見ていると本当だと思うわ」

こんな気の利いた慰めが言えるのは、血の涙を流した人だからこそだと、彼女の言葉を抱きしめる。だが彼女が地獄のような試練にのたうち回っていたころは、私はまだマユミと出会っていなかった。

私立校への幻想

経堂の実家に時折取材にくる新聞記者がいた。東京駅新丸ビルでＯＬになったマユミは、家庭の居心地のよさと男にトキメカないタチで30代に突入するころ、長女の姉が嫁いだ。するとと待っていたかのように、記者サンがマユミにプロポーズ。当時としては晩婚の31歳の花嫁だが、中央線の高円寺駅近くに新居を構え、二男一女の子どもにも恵まれた。幸せを絵に描いたような上げ底なしの中流家庭である。

マユミは中央線沿線の東京の私立Ｍ学園に、長男の正人さんを入学させた。当時は全国の公立学校に管理教育の嵐が吹き荒れていた。頭から足の先まで細かい規則でがんじがらめにし、毎朝校門前で教師たちがチェックしたり、殴る蹴る、校庭を10周以上走らせる、コンクリートの外玄関に長時間正座させるなどなど、信じ難い子どもへの人権侵害が罷り通っていた。

——正人さんの弟さんやお姉さんもＭ学園に入れたの？

「公立校の管理の異常さが毎日のように報道されていたでしょ。だから長女は歩いて5分の私立、次男は私立大の付属中学に入れたの。私立のほうが管理はゆるいかと思ってね。でも、幻想だった」

１９８６年12月４日、高３の正人さんは写真部の学友９人らと屋上で、卒業アルバム用の記

17歳と11カ月のあまりに早すぎる旅立ちだった。高校3階建校舎の屋上には柵がなかった。正人さんは誤って転落。17歳と11カ月のあまりに早すぎる旅立ちだった。

遺族の悲嘆の大きさは私の想像を絶するが、この現象だけを見るならば学校事故である。岡さん家族も不可抗力の事故だったと自らを慰め、諦めることもできたかもしれない。だが、神戸高塚高校の石田僚子さんはじめ多くの「学校事故」と同様、日本の学校体制というバケモノに正人さんも殺されたことが、時とともに明らかになっていく。

教育者のあまりの無責任ぶり

正人さんが病院で集中治療を受けている間、駆けつけた両親は1時間以上待たされた。その間、校長（当時O校長）たちは顔をそむけたまま両親にひと言の言葉もなく、高1のときの担任だけが「すみません。学校の責任です」と言った。

通夜・葬儀にM学園から届いたのは一盛の花だけ。その後何度か家に来た学年の教師8名も、顔を見せない校長も、関わりはこの年の3月までだった。

極め付きは、O校長の葬儀に寄せた「追悼のことば」を父母たちに出したこと。その主要部分を記す。

「不慮とはいえ紛れもない当学園内での事故です。さらに心を戒め、かような不幸が万一にも再起せぬよう万全の策を講ずることが我々学園教職員一同の責務でもあります」

このころからM学園の親たちは、はじめて屋上に柵がないことを知り出した。人間教育で誉の高い有名私立の同校は、小・中・高12年間一貫教育だが、それぞれ建物は独立している。中学での高校進学説明にあたっては、小・中学校のE校長も、高校のO校長も、屋上の不備には一切触れていない。

さて、ウルトラ極め付きである。事故から13日後、事故の説明をするからと両親は学校に呼び出され、屋上に案内された。数名の教師から説明された後、マユミが質問した。

「もうひとり落ちたそうだけどどうしたの？」

「いや、誰も落ちていません」

「でも、誰か落ちたって聞きましたよ」

しばし沈黙の後、1人の教師が言った。

「いや、あれは前の事故だ……」

何と6年前、同屋上でキャッチボールをしていた3人のうち1人が転落。1階のクーラー室外機の保護網の上に落ち、命はとりとめたものの重傷で半年の入院という前例があった。この時点で学園は警察から注意され、PTA役員から柵をつけるよう要求されながら、何ひとつ改善しようとせず、安全指導もしなかった。あまりに杜撰な校内建物管理の犠牲として、正人さんは無責任な教育者に殺されたのである。

なぜO校長は何もしなかったのか。

「当学園は自由な教育をしているので、屋上に生徒が上がっても危険だからと柵で囲ったりはしない。また、そこに生徒が上がってもとがめるつもりはない」

O校長は生徒が屋上で日なたぼっこをしたり、弁当を食べたりしていると説明した。ブチギレたマユミは、声をふりしぼるようにして叫んだ。

「それは自由ではなく、無責任な放任です！」

生身の子どもを預かるのだから事故はありうる、と彼女は言う。問題は事故が起こった場合の学校側の責任の取りかただ。

正人さんが転落して学校から報せが入った。救急車の収容先が決まるまで用意して待つようにと。学園と病院は同じ三鷹市だ。にもかかわらず、病院名を知らせてきたのは半時間後。あまりに時間がかかりすぎる。

そのわけは、正人さんの転落前から理事会が開かれていたが、事故の報で理事会はそのまま事故対策会議になったと思われる。いかに責任逃れをするかの打ち合わせか。許せないのは、救急車が来ても誰ひとり理事会から出てこなかったことだ。

「落ちた瞬間に理事会メンバー全員が学校にいたのだから、息子の遺体を家に連れ帰ったときに申しわけないと手をついて謝られたら、私たちは何ひとつ言えなかった。裁判は起こしてないと思う」

事件後間もなく、父親は最初の狭心症の発作、マユミは肺炎で寝込んだころ、O校長は教師たちの反対を押し切ってフランスへ旅行に出かけた鉄面皮。とても人間ではない。これは某教師の内部告発で判明した。

「フランスへ行くなどとんでもない。自分の管轄下で生徒が亡くなったのだから、責任者としてまず謝ってくれ」

と教師たちが言ったところ、校長は言った。

「謝れば賠償責任を認めたことになる。相手は敬虔なクリスチャンだからオカネなんか要らない」と。

これにはジーザスも怒ったろう。勝手に利用しないでくれと。マユミも怒った。翌年4月に届けられたPTA広報で、当時の会長が「1年をふりかえって」に、「なにごともなく穏やかに過ぎた1年であった」と述べたのだ。マユミはあまりにひどい仕打ちではないか、と彼に手紙を出したが、返事はない。

まだまだ髪の毛が逆立つようなできごとはきりがない。まこと尊い子どもの命が、教育者の目にどのように映っているかを考えると、ゾッとする。

続出する虚偽の証言

このままでは第三、第四の犠牲者が出ると、マユミ夫婦は裁判に踏み切った。正人さんが天国へ旅立った約1年後だ。

提訴の際は、受験期の生徒たちが動揺しないようにマスコミ発表を控えた。学友への思いやりはすべて学校側の弁護士や理事会に汚められ、逆手に取られることになるのだが。

民事裁判は、どんなに不本意でも逸失利益として金額を出さないと提訴できない。岡さんの提訴の目的は、もちろん学校側の謝罪とこれ以上犠牲者を出さないよう2階3階の屋上に柵をつけさせることだった。

しかし両親の願いは学校側に歪曲され、「それ見たことか。やっぱりオカネが欲しいんだ」と小・中学部まで喧伝され、ほとんどの人がそれを信じ沈黙した。

裁判の争点は、事故現場が屋上か否か、立ち入り禁止の場所として十分な配慮がなされていたかどうかだったが、驚くことにO校長と後任のK校長とも「その場所に生徒が上がっていることなど、見たことも聞いたこともない」と嘘の証言を繰り返したのだ。

あげく、K校長は法廷で堂々と「たかが一介の母親が……」とマユミの反論を否定。女性を人格視できない教育者に、どうして子どものいのちの重さが分かるだろう。

K校長は法廷でぺらぺらとよくしゃべり、それがウソかホントか親には分からないこともあるから、学友らに聴きに来て、と頼んだ。だが、写真部の友人らはひとりも来なかった。

——えっ、病院へ来て泣いていたのに？

「そうよ。一周忌に、呼べば何人か来てくれたくらいで、その後はもう迷惑という態度だった」

——だってその子たちの親は……。

「自分の子が卒業しちゃったら、もう関係ないんでしょう」

傍聴に来てくれたのは、写真部以外の友人2人だった（その1人は後日、証人として証言台に立った）。

証人が証言台に立つときは「真実を述べることを誓います」と宣誓する。傍聴に来てくれた2人は、教育者の虚偽の証言にびっくりし、「法廷で良心に誓って宣誓して、あんなウソを言っていいの？」とマユミに聞いた。まことにこの教育者らは、生徒にすばらしい人間の本性を示してくれたのだった。

人間の本性みたり枯れ尾花

——親や教師のおぞましい変身を見て、よく持ちこたえてこれたわね。

「もう傷口に塩をすりこむような人たちもいたわよ。でもすごくありがたい人もいて、M学園小1のときひとり娘を誘拐されたことのあるAさん（数日後に無事に戻った）が、正人が亡くなった後、毎日3時間ぐらい泣き泣き話す私の話を黙って聴いてくれたの」

――やっぱり痛んだ人にしか分からない深い哀しみがあるでしょう。よかったわねえ。

「ふつうは子どもを亡くして落ち込むと、次々と牙をむいて飛びかかってくる。人間て恐ろしい生きものよ」

ただマユミの救いは、前述の内部告発をしてくれた教師をはじめ、学校体制に対峙して証人になってくれる勇気ある人々に恵まれたほか、学園関係の心ある親たちの支援、そして後輩卒業生の親が自主的に、全在校生1582名に自費でアンケートを取ってくれたことだ。

その他に私立校約50校の校舎が何階建てか、屋上を使用するか否か、柵がついているかなど「学校設置標準指針」に基づく学校しらべをして、証拠として裁判所に提出してくれた。M学園以外の学校事故に関心のある人々も集まり出した。

1990年6月に結審。前例事故では、高校生は判断能力があるものとしてほとんどが棄却されているが、「以前にも同じ屋上で転落事故があったにもかかわらず、適切な措置をとらなかった」として、学校側の責任をはっきりさせている。M学園はこの判決を不服として控訴。岡さん夫婦も高裁へ持ちこんだ。

このとき「M学園高校転落事故を告発する会」を結成。マユミは他の裁判を見ないと自分の裁判も見えないと、千葉、浦和、八王子など教師の暴力やいじめ裁判にも足しげく通うようになる。

――すごいね。あなたの執念の闘いが拍車をかけた。ここまでやり通す母親の闘いぶりを学校側は予想もしなかったでしょう。

「たかが一介の母親だからね」

彼女は嫣然《えんぜん》と笑った。

「近県の教育裁判を傍聴して歩くと、どこでもお母さんがき然として闘っていた。やっぱり女はすごいわよね。命を産んだ女がかけがえのない命を奪われたんだから、もう夜叉になるしかないところを、よその子どもたちが同じ目に遭わないようにと闘っている。お父さんは闘いたくとも時間がないしね」

マユミの裁判は一審では1人だった弁護士も、高裁では6人のチームとなった。M署では、民事でははじめて、屋上の写真を提供してくれた。さらに学校建築という特殊建造物の基準を調べるために、一級建築士の専門分野に切り込む。そして東京都情報公開制度を利用して救急伝票（救急車に乗った記録）の開示要求もした。

「救急伝票は三鷹消防署で取れるんだけど、せっかく情報公開制度ができたんでね。そこで取れば都の個人情報保護制度の第一号になれるわけ。せめて息子の名前だけでもそこに載せて、

17年間生きた証しをと思って……」

都の役人・女性課長は母の切ない願いを入れず、死んだ人には制度利用の権利はない、自然人（ナント生きている人のこと）にのみ適用される、と自然人の女性課長は頑なだったが、埼玉や川崎では死者の情報を出した例がある。マユミは書類の受け付けだけをさせ、却下する場合は理由を文章で出せ、とやりあった。

どれもすんなりいくことになく、システムの壁に体当たりしながら掴み取る「いのちの証し」である。彼女の執念を支えたのは、息子の死を犬死ににしたくないという想いであり、清らかな死者の魂を下品な教育者どもに汚されたことへの炎のような怒りであった。

ようやく空気が変わってきた。小・中学部の教師たちが小・中の当時のY校長に、高校屋上に柵をつけろ、岡さんと和解すべきだ、と突きつけたという。Y校長も理事会のメンバーだから、内部からの反乱に学校側も進退極まったことになる。実に5年もかかって、変化の兆しが見え出したのだった。

24時間子どもと遊ぶ日
——全国親子・教師・市民の1日ストライキ

それまでの運動論とは、「子どもを守るために」ＰＴＡを民主化させるべく、１人が２人になり2人が4人になり4人が8人になってやがて革命が起こる、そのために親と教師がレンタイしましょうナンテいまを耐えしのび、涙ながらにその辛さを語りあい、結局どこかの政党に利用されているカビの生えた教育ウンドーが通り相場だった。

そういうウンドーとは全然違う方法で、いっぺん皆と面白いことをやりたいな。集まると大変だしオカネもかかるから、そこにいながら一緒にやれることで「子どもの人権」をアピールする方法。なるべくラクに効果の大きいヤツ……。

そうだ、学校を一斉にズル休みしよう！

休んじゃえ。1日ストライキだ！

とにかく学校を休んで子どもと遊ぼうよ——無謀な呼びかけをするほうもするほうだが、ノッテくるほうもくるほうだと、とてもありがたかった。シナリオも書かない、演出家もいない、演《だ》し物《もの》の演題も興行日も不明というイイカゲンな呼びかけができたのは、仕事と運動を通して出会えた頼もしい人が多いため。その中の東京・近県の親たちと実行委員会を持った。

かくして命名は「24時間子どもと遊ぶ日——全国親子・教師・市民の1日ストライキ」。日時は神戸高塚高校の石田僚子さんの命日に近く、期末テストに引っかからない日の、1991年7月11日と決定。実行委のひとりがマユミだった。

参加者ひとりひとりが主役、とはお題目ではなく、各自が自分で考えて行動する、あるいはしないのである。予告記事が各紙に載ると問い合わせが殺到し、新しい出会いがさらに広がった。

「こういう運動を待っていたのよ」

「面白そうね。窓口、やるわ」

「政党に利用されないで」

そして、痛々しい訴えの数々、深夜までの嫌がらせの電話……。

窓口を引き受けてくれた人たちは76カ所、北海道から沖縄までだ。代表はいらないが、窓口の意見をまとめる事務局は呼びかけた罪ほろぼしに私がやった。

資料集の申し込みだけの人が１０５人、その中に中学校校長がいて好意的に言った。

「こういう柔らかい発想ができる人たちは、相当長くやっていらっしゃるのが分かります」

子どもたちからの電話は胸に痛い。

「ストライキに参加したいのに親がダメだって言うの。でも友だちが自殺したのよ。学校に殺されたのは石田僚子さんだけじゃないのよ」

親が絶対に許さない、という訴えは十数人におよんだ。親を選びたかった、とも。

ところがこの子どもたちはすばらしかった。ストライキの次の日曜日に各地で川遊びやハイキングをして〝参加〟したのである。その柔軟性、行動力、社会性などは大人たちを凌駕していた。

もちろんストライキ当日も各地で集会、バーベキュー大会、ゲーム大会、プール、ドライブ、釣り、昼寝、歯の治療と実に多彩だった。現場で闘う教師や親、学校に見切りをつけた登校拒否の会やフリースクール、学校裁判、フェミニズム――それぞれのテリトリーを超えて「子どもの人権」でゆるやかに触れ合いふくらんだ「1日ストライキ」。

各自が肩いからせず勝手に意思表示する多様な闘いこそ、画一化を強要する学校体制の対極に位置するものではないか、とニブい私も気がついた。それだけではない。私も含めて皆さんが行動する中で、実にさまざまなものが見えてきたのだが、残念ながら本書では割愛する。

なお「趣意書」を載せるのは、私たちが何のために行動したのかということと、どういう範囲にこれを提出したのかをお知らせするためだ。

趣意書

神戸・高塚高校で石田僚子さんが校門に圧殺されてから1年を迎えようとしています。

現在の学校のありようを象徴するこの衝撃的な事件に、私たちは、もうこれ以上子どもを殺されたくないという怒りを新たにしました。

事件後、文部省の号令で校則の「見直し」が行われていますが、子どもに「責任」を転嫁させた管理のヴァリエーションでしかなく、子どもの人権を主眼にした根本的な学校の変革ではありません。

21世紀を目前にして、社会が国際的視座による対応を迫られる中で、学校教育がもっとも遅れているということ、時代に逆行する動きを強めるばかりです。

日の丸・君が代の強制、歴史教科書をはじめとする改悪など、教育の管理統制による犠牲者が、教師の暴力やいじめなどで殺された石田さんら子どもたちにほかなりません。

このようないまわしい状況に抗議して、私たち子ども、親、教師、市民は石田さん命日後の7月11日（木）に、全国規模の登校を拒否するストライキを決行いたします。

学校の主人公は子どもであり、学校に行く行かないは子ども自身の意思決定と、その権利を代行する親の教育権にあります。

この行動に参加することで子どもが教育上の不利益を受けることのないよう、教育関係者に要請いたします。万が一そのような問題が生じた場合は、弁護士と全国窓口関係者と共に抗議行動をする用意があります。

文部省初等中等局長殿　都道府県教育委員会殿　市町村教育委員会殿　学校長殿　労働省労働基準局長殿　経団連殿　日弁連殿

点から線へ

「ストライキ」報道では、共同通信社がいい記事を書いてくれた。「新たな教育市民運動の兆し」という見出しの、左記はその一部である。

肩怒らせた抗議の声も、まなじりを決したスクラムもない。それぞれの人が好きなように、好きな形で参加すればよい――。

兵庫県立神戸高塚高校で、女子校生校門圧殺事件が起きて1年。少女の死を風化させず、子供たちの権利を守っていこうと7月11日、全国規模で風変わりなストライキが展開された。名付けて『24時間子どもと遊ぶ日！』。「いい加減に気楽にやろうよ」をモットーに行われたこの型破りな1日登校拒否による〝親子スト〟を振り返り、日本の教育市民運動の新しい形を探ってみた。（そして親子ストの各地の動きを紹介して）政党や組合の主導の下、団結と統制を求め、暗く硬く、近寄り難かった戦後の教育運動。そんなイメージを、個の闘いを主軸にした緩やかな連帯による、ソフトで明るいものに塗り替える試みとして、〝親子スト〟の果たした意義は大きい。

各地でマスコミが一番知りたかったのは「ストライキ」に何人参加したのか、だったようだ。が、これは本当に分からない。参加した個々人がそれぞれいくつもの教育運動や市民運動を主催したり入会していたりで、あえて言えばそれらの点の存在が「ストライキ」窓口の呼びかけで線になったと言えるかもしれない。

名付けて「全国ネットワーク」と称したが、組織ではないから7・11以前も以後も個別にラディカルに闘うすばらしい仲間たち。しかし繋がったメリットは、各地で孤独な闘いに泣く親や子に近くの窓口を紹介し、ひとりじゃないよ、と言えることが大きかった。私もそういう情報がどんなに欲しかったことか。

マユミも言う。

「何にも変え難い子どものいのちの尊さを、学校に、先生に、行政に真剣に考えてもらう日が7月11日だった。私もストライキ趣意書を学校に出して、告発する会のみならず、全国で子どもの人権を闘う人々とのネットと繋がっているんだってことをアピールしたのよ」

マユミをはじめ学校権力と闘う人たちが、こういう形で「ストライキ」を活用したことが嬉しかった。

年間150万件にもおよぶ学校災害（健康会適応分のみ）。その多くは裁判にも持ちこめず泣き寝入りするのが現実だが、学校災害の根を断つべく彼女はそれらの中心的存在として、また情報源としてその後も闘い続けてきた。

名優だった祖父の血を引いた正人さんの遺影は、さわやかなオトコマエを発揮しつつ、〝深窓の若奥さん〟から〝闘う女〟に成長した母親を見守っている。

和解成立

92年3月27日、東京高裁で岡さんの和解が成立した。和解条項の主なる内容を要約すると、

①学園は事故の責任を認め、一審東京地裁が認めた賠償金とほぼ同額の約744万円余を和解金として支払う。

②学園は両親に対し、正人くんが屋上から転落して死亡した事故につき、これを謝罪し哀悼の意を表す。

③学園は、今後同じような事故が発生しないよう、自主的に設備の安全管理に努め、生徒に対する安全教育を行うこととする。

④学園は、和解の内容を学園報に掲載し、右の事故が再度起こらないよう永く記憶に止どめる。

このように、岡さん側の実質勝訴の和解である。和解成立を祝うパーティーに学園から教師2人が出席し、挨拶が涙で絶句となった様が印象的だった。良心に忠実に生きようとすればするほど辛くなる立場だろうが、しかし他校ではほとんど例を見ない親と教師の支援を見て心温まる。羨ましいかぎりだ。

良心派は彼らだけではない。正人さんの前の事故当時の校長が、裁判が終わったら話したいと手紙を寄せていた。

後日、岡さん宅を訪れた彼は言った。

「裁判が終わったとしても教育的道義的責任は終わったわけではない。M学園が続くかぎりこの責任を負い続けなければならない」

第一に、屋上の柵がついてない。岡さんの「なぜ私たちは裁判を起こしたのか」の文を受けた教師の提案によって、安全点検委員会が結成され、校舎の総点検をすると、何と約30カ所の不備が見つかった。

「おめでとう。あなたの意地が実を結んだわね」

どんなコトバでも、彼女の心の欠損は永遠に埋まりようはないが、とりあえず意地っ張り同士、意地が通ったことをカンパイしよう。

ビールをグイッと飲み干したマユミは、艶やかな笑みを浮かべて私をにらんだ。

「バーカ、闘いはこれからよ。絶対に忘れさせてやるもんか」

ああ、ここにも血の涙の底から鬼と化した母親がいる。からだの一部をもぎ取られた鬼の、そのすさまじい怒りと、哀しいほどの優しさと……。己の人間観の甘さを密かに恥じる私を、マユミの超然とした笑顔が包む。

最期までリンとして生きたい

——あなたが裁判を起こしたとき51歳だったなんて、信じられる？　私たちの子どものいまの年齢じゃないの。

「学校に行こうが行くまいが、勉強しようがしまいが、子どもはちゃんと育ってきた。子どもを虐待し、残酷な競争を強いる日本の教育って何なのだろうね」

——教育の神髄は自己教育なのよね。自分で自分を育てる環境を、大人は用意してあげればいいの。10年経てば10年の成長がきっちり出ている。

「その10年を待てる親でありたいわね」

——そういう親になるためにも私たち闘って、生きて、すごいことやって育ってきたのよ。深窓のおっとり奥サンと、鼻っ柱ばかり強くて世間知らずの私が、権力相手にたった独りの闘いから始めて、ステキな仲間たちと出会っていっそう成長できた。中でもマユミとの出会いは刺激的だった。非暴力闘争、頭脳闘争のお手本を学ばせてもらった感じよ。

「孤立から個立への試練を経て、自分育ての大切さが分かったとき、老いを迎えた。お互いにこどもたちは自分の世界を生きだした。シングルライフになって、自分を引き受けて生きる自さや充実感を味わっているわ。皆によく思われようというイエス婆あさんにならなくてよかった」

そう語るマユミはただいま要介護の寝たり起きたりシニアである。長い間おつれあいが病床にあって、3年前に亡くなった。その介護疲れと、もともと正人さん亡き後家族全員を襲ったストレス性の症状で、常にいい状態ではなかった。気力で生きてきたと言っていい。

そのため老境になるとさすがに持ちこたえられなくなったのか、帯状疱疹、坐骨神経痛、心臓病などが次々と襲ってきて、外出できるのは病院へタクシーで行くときだけになってしまった。

その上この20年近く、つまりマユミと私が出会って以来、深夜の長電話をしあうときはストレス性の咳が続いて、あまりに苦しそうになると電話をまたにしようと言うのだが、彼女は頑張って話し続けた。

夫を見送って、いま彼女はからだの不自由さや痛みに耐えながらも、ますます意気軒昂だ。家事のスケットに行くわよと言うと、介護保険の要支援で週2回サービスを受けているほか、子どもたちも在宅時には買い物をはじめ何でもしてくれるからと辞退する。

出歩けなくなっても、電話やメールで親子の学校問題の相談にのったり、教育委員会や文科省へ要請や抗議を行ったり、杉並区の介護保険課などに高齢者問題を突きつけたり、健康時と変わらぬ忙しさの82歳。過去の闘いの記憶もマユミに聞けば何でも出てくる。

――例えば、「全国親子の1日ストライキ」のように、私たちってホントに面白いことをやってきたよね。新聞記者に「何人くらい集まるんですか」と聞かれて「さあ、分かりません」。「ストライキってどういうことやるんですか」には「人それぞれです。参加者が自分で決めます」ナンテいい加減もいいところだけど、「子どもの人権」ははずさない。

「マスコミの注目度が高かったせいか、女の弁護士を筆頭に十数人が、この事務局を作って続けようと反門野キャンペーンを展開して、どんどんネウチを上げてくれた（笑）」

――何の実態もないタダの市民運動を、盗もうとしたオッチョコチョイの面々。そういう面白い体験に育てられて80代のいまだから、１００歳までにまだまだ成長できることを思うと、長生きも悪くないわね。

「あなたが〝健全な肉体に健全な精神が宿る〟ではなく、〝健全な精神に健全な肉体が宿る〟と言ったけど（前出の家永三郎教授の受け売り）イヤなものをイヤと言い続ける心が私のガタがきたからだをシャンと支えている。１００歳まで生きられるか否かは分からないけど、最期までリンとしていたい。それが私の誇りよ」

昭和の女がつかみ取ってきたまぶしいまでの強さがマユミを輝かす。

「要介護の年寄りを切り捨てさせてなるものか。私、いよいよとなったら区役所の前へ座り込み、さあ、殺せ！　と言ってやるわ」

あれっ、マユミが咳をしなくなった……。

Part8　確かな未来へ・闘い続けて

ウィメンズ　マーチ　オン　S・F

日本でもネットやマスコミでご記憶のかたが多いと思うが、WOMEN'S　MARCH（女性たちの行進）は全米動員数100万人以上と報道され、全米各都市にピンクのニット帽子の波が打ち寄せた、ダイナミックな新年の幕開けとなった。

2018年1月20日。サンフランシスコ（S・F）のシビックセンター（市役所などの行政施設エリア）へひとりで向かう私を、最寄りのオークランドのバート（BART、ベイエリア高速鉄道）駅へ車で送ってきた娘と孫たちは、ランチを食べようと車を降りたそうだ。

そこへワラワラと娘たちのほうへ向かってデモ隊が走って来たから、思わず子どもらを引き寄せつつコワイと身を固くしたと。オークランドのマーチだけで5万人と後に報道された。

バートの車内も、シビックセンター駅のホームも、ピンクやオレンジのニット帽子がぎっしりで私は地上になかなか出られず、どこかでランチを食べてから参加しようとした計画はもろくも崩れた。

どうしてこんなに若い娘たちが多いの？　次いで、どうしてこんなに男たちが多いの？　いくらゲイの街サンフランシスコでも、娘らの数に匹敵するゲイパレードならともかく、女たちのマーチに迎合するほどにトランプへの怒りが募ってきたのか、と戸惑った。

日本で私は年寄りばかりの中で生息しているため、ムンムンするような若い娘たちに囲まれたり、髪の毛ふさふさに長い脚の若者らに駅の階段などでフォローされたりすると、まるで別世界に誘われたようにドキドキワクワクしてくる。

よく見るとシニアたちもいるのだが、元気で若々しい熟女がほとんどのため、私が娘たちと勝手に見まちがえていたようだ。大まかな女の老若の違いは帽子だ。娘たちの多くがトランプの使う女性の蔑称「プッシー」（女性性器のスラング）、または「プッシーキャット」（子猫ちゃん）に怒り、「プッシーがどうして悪い」とそれを逆手に取って、猫の耳のニット帽として頭に被って抗議するのに対し、熟女勢はそこまでは抵抗があるとふつうの帽子の人が多いこと。もちろん相互乗り入れもある。

ついでに男たちの大量出現について言うと、娘たちの恋人や夫がついて来たペア参加がほとんどで、女が「Ｍｅ　Ｔｏｏ」のプラカードを掲げて叫ぶ横で、ベビーを抱っこした男たちの微笑ましさが際立つ。

わずかに女装した男たちもいる。

シビックセンター駅をやっとの思いで地上に出ると、真っ先に目に飛び込んできたのはズラリと並んだ簡易トイレ。一番目につくところへもっとも必要なものを設置したアイデアに、さすが女たちが主催するマーチだと感じ入る。

サンフランシスコ市庁舎前を埋めつくしたウィメンズマーチは8万人、ワシントンDCで50万人、日本を含む世界中では延べ300万人とも500万人とも言われた反トランプの怒りの結集だ。

朝日新聞デジタルによると、ワシントンDC主催者は声明で「女性」には「黒人女性、先住民女性、貧困女性、移民女性、障がいのある女性、イスラム教徒の女性、レズビアン・クィア・トランス女性すべてが含まれる」という。

そして、「この社会で女性はさまざまに交差するアイデンティティーを持っているため、より多くの社会正義や人権の問題に直面する」として、暴力の撲滅、リプロダクティブ・ライツ（性と生殖の権利）、セクシュアル・マイノリティの権利、労働者の権利、障がい者の権利、移民の権利、環境への配慮などを挙げ、それらすべてが等しく重要であり、女性たち自身が真摯に向き合うべき課題である、との立場を明確にしている。

さらに「いま当たり前のように持っている女の権利は、前世代のフェミニスト運動家たちが勝ち取ってきたもの。私たちはそれを守っていかなくてはならない。そして過去に勝ち取ったものを守るだけでなく、外に目を向けていかなくてはいけない。自分にとって守られる基本的人権が他の人にもちゃんと当てはまっているか、年齢、育ってきた環境、肌の色、セクシャル・オリエンテーションなど個々の違いを超えて、住みやすい社会に向かって前進していけるようになりたい。政治は観戦するものではなく、参加するもの。未来に責任を持って進みたい」と――。

市庁舎前の壇上でも次々と右のような趣旨のリレー・スピーチが続いた。雨ばかりだったカリフォルニアの冬の雨期が、この日はコバルトブルー一色の快晴！

「トランプは私の大統領ではない」などのプラカードを掲げた猫の耳のピンク帽子が、いっせいに車道に流れ出した。

「ヘイヘイ」「ホッホー」と楽しい掛け声とともに猫の耳が揺れる間をかきわけて、ブラスバンドがマーチを盛り上げる。

前方から押し寄せてくるワーッという津波コールに乗じて、私の横を歩いていたシニアカップルの老女のほうが、からだをよじって全身の声をしぼり出すようにワーッと叫んだ後、私と目が合ってペロリと舌を出して笑った。見事なストレスの発散法だ。

「彼女はとてもキュートだわ」

私がお相手に言うと、彼は彼女を抱き寄せながら言う。

「ぼくたちは結婚50年なんだ。アメリカでは珍しいでしょう」

「オー、コングラチュレーションズ」

右隣にはゴジラのぬいぐるみが近づいてきた。中身は高校生くらいの男の子だ。その後ろには何とゴジラの尻尾を持った母親らしき人が、私に「ハーイ」と笑いかけて言った。

「持ってないと尻尾を踏まれるのよ」

「ハーイ、彼のマザー？」と私が聞くと、

「ノー、グランマ」

アハッ、何てステキなグランマの役割だろう。思わず私は泣きそうになった。

ゴジラの頭部をのぞき込んで、私は日本人を代表して高校生にお礼を言う。

「ゴジラを着てくれてありがとう。ゴジラは日本を代表するキャラクターよ。私の息子もゴジラの映画やおもちゃで大きくなった」

彼は何と返したか。

「Ｍｅ　Ｔｏｏ！」

いいセンスだ、彼はナイス・ボーイよ、とグランマと握手して別れた。

若い女性グループが歌いながら通り過ぎるとき、一番端のプッシーハットと目が合い、「ジャパニーズ？」と聞かれた。お姉さんが結婚して日本にいると言う。

「アベとトランプは仲がいいわね」

「どちらもそう長くないと思う」

「そう願いたいわ。シー　ユー」

何とはなしに温かくて楽しくて、幸せが胸いっぱいに広がるアメリカのマーチ。

日本も一部は変わってきたけれど、私のころの大きなデモは先導車からの「教育の国家統制にハンターイ」とか、「教科書の検定制度をヤメロー」などに皆が唱和してゾロゾロと歩くだけ。どれもとても大事な問題だと思ったから参加し続けたが、少しもワクワクしない。音楽もないし、歌もダンスもなかった。

小さなデモではチラシやプラカードを作り、反戦平和や男女平等を毎年叫んできたけれど、ほとんどはゾロゾロと歩くだけ。これまた音楽も歌もダンスもない。そういう発想がなかった。

ウィメンズ・マーチがサンフランシスコの目抜き通りをゆっくり進んで行くと、通りの両側の商店が軒並みシャッターを下ろしている中で、楽器店のビルがマイケル・ジャクソンの「スリラー」や「ビート・イット」を目いっぱい鳴らし、2階と3階の窓を全開してノリノリで男女が踊っている。マーチもここで一番盛り上がり、ひと固まりごとに行進がストップしては車道でも歩道でも踊り狂った。よく歌を歌えば心がひとつになると言うが、ダンスでビル内と外の群集がひとつになる快感は初体験だった。

アメリカではコミュニティの一員としての義務が商店や企業にあり、利益の一部をコミュニティに還元したり、イベントに参加したりしなければならない。楽器店のマーチへの支援も、ワシントン50万人のマーチ参加者の一部をバスで送りこんだサービスが、シリコンバレーのIT業界というのも、コミュニティ意識だろうと羨ましい。

日本でも在日の米女性らの呼びかけで、東京と大阪でウィメンズマーチが開催されたと帰国後に知ったが、それらは世界中の女たちと呼応し連帯しながら、3月8日の国際女性デーでさらに拡大していった。

帰国の機内で

私はいつも日本に帰る飛行機の中で憂鬱《ゆううつ》だった。非日常のワクワク感からどんよりとした日常に戻るのは、誰もが抱える必然的な生の営みであり、それゆえの安定といえよう。

特にここ数年は熱海での共同生活のあいまいな優しさ、思いやり、上品さなどに首まで浸かり、悪魔と取引したような自堕落な安定にただようと、アメリカで膨んだ元気なハートがすかしっ屁が出るように少しずつしぼんでいく。いつもだけれど。

ブルーな気分でバークレーから帰るＡＮＡの機内映画をリサーチしていると、私は突然画面に釘づけになった。

『ＴＨＥ　ＤＩＶＩＮＥ　ＯＲＤＥＲ』――。「神の秩序」とでも訳すのだろうか。舞台は１９７０年代のスイス。雪深い山村で女性参政権を求めて闘う主婦たちのドラマだ。だがリバイバルではない。今年２０１７年制作のスイス映画代表作。第90回アカデミー外国語映画賞ノミネート。なぜいまこの小さな山村の静かな闘いが取り上げられたのかと、冒頭のスーパーに引き寄せられていった。

　１９７１年、世界が変化していた。

この村はまるで世界から隔離されているようだった。

妻「私、働きに出たいの。いつも掃除や洗濯ばかり、私も何かしたいのよ」

夫「法律的にもオレの許可が必要だ。母親は家にいるべきだ。子どものことも考えろ」

世界中の主婦たちが、夫と男たち、男に従順な女たちから、こんなにも同じことを言われてきたのかと絶句する。

「いわゆる女性解放など私たちには害毒よ」

「女性は口を慎めと聖書にもある」

「男女平等は神の秩序に反する」

「家族に尽くすのが女性の特権よ」

スイスでは190万人の女性を、160万人の男が法を作り支配していた。

「男の支配に負けるな」

「女性の権利は人間の権利」

「私たちはメイドじゃない。男の性のはけ口じゃない」

デモ、集会、ストライキ、それ以前は嘆願書、署名など何でもできることをして女たちが闘い続けてきた結果、ようやく国民投票にこぎつけた。

「女性は皆共感してた。ただ言えないだけ」

「だから男たちに勘ちがいされるのよ！」

はじめての合宿の場面。枕を並べて、「こんなに仲間がいる。私はひとりじゃない」に、泣ける。闘う女の誰もが通る道だ。

さらに「オーガズムは一度もない」「セックスがうまくいかないの」と、これも、はじめてのカミングアウト。「男まかせじゃダメよ。女性器を愛しなさい。場所は知ってるでしょ」——女性参政権の権利と、女の性の権利が不可分であることに、泣ける。

国民投票は僅差で女たちの勝利。1981年女性参政権が認定され、憲法に明記された。

なぜいまこの小さな村の大きな奇跡を映画化したのか。この村と同じような熱海ムラで、世界から隔離されたような無風の日々を思わず映画に重ねてしまった。市長選も対抗馬はなく不戦勝で、熱海をカンヌにするとの掛け声も空疎に響く。熱海映画祭とやらの舞台に新調の浴衣で登場しての自画自賛。来年もやるそうだけれど、そんなに税金があったとは！

日本は、婦人参政権も男女平等もとうの昔に憲法に明記された「人権の先進国」である。先人が戦前から闘い続け、勝ち取ったすばらしい人権の国である。ただそれを自覚し使う人が少ないため、皆の大切なものとして愛される機会も少ないので、昭和を振り返って人権の棚卸しみたいな本を庶民の視点から書いた私。

闘いの中で強く成長していく様はスイスも日本も同じだろう。「男も女も皆違うけれど同じで、優劣なんてない」という映画のメッセージが心に響く。それに私は障がい児の孫を加え、「人間に優劣なんてない。あるのはそれぞれの個性だ」と言おう。


「あら、お帰り。いつ帰ってきたの?」

「うん、昨日よ。お元気だった?」

「元気よ。アメリカは楽しかった?」

タダの挨拶なのに、うれしがりの私は止まらなくなる。

「反トランプのすんごいデモに参加したの。『トランプは私の大統領じゃない!』と叫ぶ若い女性のそばで、『アベは私の首相じゃない!』と叫んできた。日本語だぜ。ワハハ」

……言うんじゃなかった。彼女に迷惑だった。日本では選挙のときも誰を選んだか、どこの政党が好きかなどを滅多に話さない。密かに〝秘めごと〟のように口をぬぐう不倫そこのけの様か、または家長の命ずる人を選ぶ限定つき選挙話がほとんどだろう。

アメリカでは選挙でないときも車のお尻に「オバマ」と現在もパネルで明記する人々や、ときどき「トランプ」のパネルの車もある。暮らしの隅々にまで政治があり、誰も支持政党・支持政治家を隠さない。だから大小の選挙の季節になると、庭いっぱいに候補者の横断幕や立てカンを掲げて、各家が選挙事務所のようになる。

〝暮らしの隅々にまで〟の一例は、お隣の１００歳を迎えたおばあさんだ。おばあさんは白人、数年前に亡くなったパートナーはアフリカ系なので、約80年前の結婚はあらゆる迫害を受けて大変な一生だったと思う。

私の孫たちが学んだロサ・パークス小学校の初代ロサ・パークス校長も、バスや電車の座席にアフリカ系は座ってはいけないと法で定められた時代に、白人の男どもの迫害に対して、ガンとして座り続けたというフェミニズムの草分けである。

お隣のご夫婦も理不尽な正義に対して闘い続けたからこそ、１００歳近くまで元気に生きたのだろう。そして、近くのホテルを借り切って行う１００歳のパーティーに、おばあさんは歩いて行くと言う。１００歳のお祝いに１００人の関係者を招待するステキなパーティー。ところが、ときの大統領から祝辞が寄せられるのに、おばあさんは固く辞退したそうだ。

「トランプ大統領になんて祝ってもらいたくないわ」と。

辞退者はほかにもいるそうな。こんなに嫌われて大統領をやっていられるとは、ホント、どこかの国の総理大臣によく似ている。

時差ボケ＋《プラス》老人ボケ

海外から帰ってくれば誰もがまず時差ボケを直さなければならない。私は時差ボケに老人ボケが重なるから、人より何倍も軌道修正の努力をするのが当然だ。

日本に帰ってきたのだ。ここはアメリカではない。それも婦人参政権以前の、世界から隔離されているようなスイスの山村に似た、熱海ムラに帰ってきたのだ。郷に入れば郷に従え、と言うではないか。早くムラの時間に戻さなければ……。

まずは温泉に入って、アメリカのアカを落とそう。

「こんばんに。しばらくね」

「あら、帰ってきたの。日本はいいでしょう。熱海で温泉に入ってごはんを作ってもらって、昼寝もおしゃべりもしたい放題。私たちって幸せねえ。そう思わない？」

「それを言うときは、〝申し訳ないけど〟と冠つきで言いたいわね。お互いに自称物書きなんだから、そのくらいの配慮をして当然でしょう」

「どうして申し訳ないのよ」

「台風や豪雨の被害でこの猛暑にお風呂にも入れず、体育館などに避難してる人々をはじめ、福祉の手の届かない人が大勢いるのよ。私は何もできないから偉そうなことは言えないけど、せめて〝申し訳ない〟をつけたいわ」

「あらー、そういう人たちの前では幸せだなんて言いませんよ」

何という会話だろう。どんよりどころかゲンナリしてくる。まだまだ時差ボケが直らないからだ、とゆっくり湯に浸って出てくると、今度は英語が堪能な国際派が入ってきた。

「まあ、お帰り。アメリカはどうだった？　あなたが太平洋を行き来する体力と情熱には感心しちゃう。それにお孫さんの障がいを受け容れて愛する姿勢は尊敬してるのよ」

「ありがとう。何だよ、急に」

「そこは尊敬してるけど、ただちょっと」

そのとき他の人が入ってきたため話は中断したが、彼女の言わんとすることは分かりすぎる。「〇〇だけど」とは前半は重要でなく、後半の否定がメインなのだ。性格や人格とはトータルなものだから、「だけど」がついたら「おまえは気に食わない」が全体像になる。「男女平等」や「女の権利」を言う私が気に入らないのだろうが、どこが国際派だ。

いや、いや、まだ時差ボケが直らないせいで、愛国や愛男のナショナリズムに押しつぶされそうな私。だがグチを言って少数派を嘆くには、残りの時間が許さない。

日本人に戻ろうとするボケ直しだから苦しくなるのだ。『女たちは地球人』を提唱し、その著作もヒットした元政治家の三井マリ子さんを思い出した。久しぶりに会いに行こうか。

私たちは地球人

イエス・ノーをはっきり言わず、常に集団の和を最優先するウルワしき日本人。その日本人に戻れないと七転八倒していた時差ボケに老人ボケの私。まあほとんどジョーダンだけど、ケチをつけたり喧嘩を売ったりしてくる人たち（本人はそう思ってない）がいて、疲れる。ところでこの斧を振り上げては、「女の人権」でイチャモンつけられる対象がどうして私しかいないの？　と悲観的になるとき、私のからだを支えてくれるのは、前出のスイス映画での「私はひとりじゃない」のセリフと同様にシスターフッドの存在だった。

そうだ。大阪ムラにも京都ムラにも私より早くから個の闘い・女の闘いを続け、そこから喚起されて立ち上がった仲間が大勢いる。彼女らも日本人ではなく地球人である。国境を越えたマクロの人権感覚を持った、インターナショナルな女たちと男たちだ。

私は東京ムラでは母の介護と仕事に追われて彼女らと疎遠になり、時間のできた熱海ムラではスイスの山村のように世界から隔離された心境に陥り、熱海に根をおろすことに集中していた。静岡県で認められたいとここ数年〝営業〟に精を出していたのだ。

何でだろう？　バカみたい。静岡県民でも日本人でなくてもいい。私たちは地球人という視点に戻れば、地球人の友だちは日本にも欧米にもアジアにもたくさんいるのに、日本人の体型にからだを押し込めずにのびのびと生きられるのに、なぜ合わせようとしていたんだろう。さては、ボケたな？

私は地球人という異文化だから、熱海の施設のお仲間とコトバが通じなくて当たり前なのだ。挨拶のカタコトだけでも通じたらめっけものと思えば、毎日同じでもゲップは出ないかも。

私がバークレーで英語を話すときに同じコトバを繰り返しても、誰もがゆっくりと丁寧に返してくれて、「ハルコは英語が上手になった」と褒めてくれる。今回の帰国の折は娘の都合が悪く、娘の元夫がサンフランシスコ空港まで送ってくれた。私は頭をフル回転させて彼とイングリッシュを話した。翌日の電話で娘曰く、「グランマがずーっと話していたと、彼が驚いていたよ。すごく上手になったって」

「答えやすい質問を次々と出してくれたからよ」

日本はタテマエでは地球文化のところが多いから、一応〝地球語〟で話して生きていける時代にはなった。マスメディアのほとんどは地球語で情報を伝え、帰宅した男の多くは日本語で妻を従える日本人という、文化のダブルスタンダードを生きている。だから時差ボケで日本人に戻ろうとするほうが難しいのだ。

やっとそのへんのカラクリが分かって最後の開き直りで腹をくくったら、施設にも地球語とのバイリンガルの入所者が何人かいて、地球人もどきもそうでない人とのおしゃべりもこれまたいとおかし、ではある。

50年の熟成

私が意識変革を始めたのは32歳のころ。岐阜のＰＴＡで闘いだしたときにまず〝女らしさ〟の壁にぶつかった。女のくせにつつしみを忘れてモノを言うか、と地域中の笑いものになってからちょうど50年経った。

前出のスイス映画が１９７０年代の闘いで、なぜいま制作されたのかという疑問だが、山村の女たちが立ち上がってから48年経つ。この半世紀という区切りが、過去を振り返るだけでなく、煮つまったエネルギーが新しいムーブメントを起こす時期なのではないかと考える。

過去のセクハラを50年間温めてきた女優が声を上げた。それをきっかけにして世界各地で女性の人権を闘う女たちが立ち上がった。50年もそれ以上も証拠がなかったり、声を上げにくかったりで抱えてきた痛み、口惜しさがようやくはじけ出た。それがたまたま２０１８年。

私は関西のウーマン・リブのオピニオンリーダー、和田明子さんと三木草子さんを久しぶりに訪ねた。私が子どもたちを守るために東京のＰＴＡから逃げ、奈良・斑鳩の夫の実家に身を寄せたのが39歳。新聞記事を見て、大阪・豊中のコーヒーハウス「フリーク」を訪ねたとき、このふたりに出会えた。

昭和のふつうの女たちが15年にわたる未曽有の戦争をくぐり抜け、とにもかくにも生きてきた。そしていままた、未曽有の超高齢時代に遭遇している。私の個人的な闘いだけでなく、昭和の等身大の女たちに広げて総括するには、このふたりの視座が必要だった。

和田さんは１９４０年生まれ。証券会社勤務後、べ平連の友人とロック喫茶「ふりいく」をオープン。その後、女たちの店となり、２００７年閉店したが、豊中市の女性センター館長の雇用阻止裁判の支援（前出の三井マリ子さん原告）や、ＤＶ被害者支援などの拠点となった。

三木さんは１９４３年生まれ。教員となり、70年に日本のウーマン・リブ運動に参加。ミニコミ「女から女たちへ」を72年〜88年まで発行。私もだいぶお世話になった。現在はシニア女性映画祭を年１回開催し、映画選び、字幕翻訳などを担当する。

そこに行けば誰かに出会える。しかも同じ志を持った女友だちに、という女のたまり場にどんなに助けられたか計り知れない。オーナーの和田明子さんはすばらしい聴き上手で、男社会の壁に傷ついた女たちの心身を癒やしてくれた。

女たちの喜怒哀楽でムンムンするたまり場に、ときどき顔を出す黒一点は明子さんのパートナー。おだやかな日本の男性だった。当初は妻を「明子」と呼んでいたが、いつの間にか「明子さん」になり、パーティーの日などには次々と彼が料理を並べ、女たちがまたたく間に平げるという具合に。男女の役割交代劇を地で行った光景は、時代の先がけで新鮮だった。

本業は団体職員の夫だが、妻を支え続けて2016年末に亡くなった。この拙稿に明子さんが記して、「たくさん協力してくれた夫、逝く」と。関西のウーマン・リブの拠点が男女平等のモデルのようなおしどり夫婦とは、何やらできすぎとからかわれたりして。

「フリーク」は私にとって大学となった。誰かが講師となって学ぶのではなく、お互いに学び合うという理想がそこにあった。私も「自己主張のトレーニング」を担当。雑学の〝なんでもや〟の多くをここで培った。

和田「フリークは本当に多くの活動の拠点となった。ウーマン・リブの一大文化イベントを、当時取り壊しを言われていた大阪の中之島公会堂を借り切ってやったし。大変な騒ぎやったけど、達成感もあって面白かったわね。

『新聞の社会面を女の目で読む会』もパンフを作ったら、新聞社や弁護士会からも反響があり、朝日新聞の労組に講演に行ったほど。

ほとんどパイオニア的仕事がフリークから発信されたわよね。原発問題も女の視点で取り上げたし、ＤＶのサポートもしたし」
三木「運動の拠点、文化活動の拠点だったわね。80年代は時代としてはよい時代ではなかったけど、フリークの活動はすばらしかった。フリークの女たちは自分の目でものを見る力ができたし、シスターフッドもあった」

学び闘いながら個の意識変革を遂げる運動――それが女性解放意識という文化運動である。社会的な権利獲得や男女平等も闘うが、己のアイデンティティ（自分の思想の統一）を確立する苦しい自己変革の道でもある。それが三木さんの言う「自分の目でものを見る力」である。自分の頭で考えて自分の言葉で話すという自分との闘いは永遠に続く。

当然、女の性《セクシャリティ》と生や女《わたし》って何だろうと自分と向きあうから、スイスの参政権獲得の合宿で「オーガズムが一度もない」というカミングアウトの場面にもなる。女のからだを自分自身に取り戻す作業は、自分が自分の主人になる主体的なセクシャリティのスタートだ。

ここにいまさら書く理由は、熱海の「話しかた・書きかた講座」で私が始めたことは、フェミズムの初歩からなので、久しぶりにフリークで学んだことを思い出しているためだ。皆さん素直で熱心で、熱海でフェミズムを語れることが私もうれしくてたまらないが、オーガズムとまではまだいかない。

老いたからそんなこと関係ないと思う人は、「老いの性の自立」というすばらしいフィナーレを、自ら葬って老い急がなければいいけれど。

ウーマン・リブの上陸が日本の女性解放の扉を開けた、と思っている人は多い。それもマスコミが揶揄したような扱いで、女をからかうとき貶めるときの代名詞として長い間使われた。ところが、日本の女たちの闘いは昭和を遡るどころではなかった。

三木「日本には戦前から『青鞜』などのちゃんとした女性解放運動があった。いまよりはるかにラディカルな闘いですよ」

和田「本当に命をかけて闘ったんだものね。女性参政権にしても、女が人間になる闘いはすごいものだった」

先人たちの闘いを経て参政権も男女平等も憲法に明記された国で、女性解放運動はどうなったのか。女は人間になれたのか。

三木「1960年代以前の古い女性解放運動には、男が外で働き女は家事・育児の性別役割分担意識がずうっとあった。それっておかしいんじゃないのという意識変革が、60年後半の新しい女性運動よね。当時は女が働き続けられる仕事は公務員と教員しかなかった。あとは電話交換手と看護婦（師）ね。医者になるにはお金がかかるし」

和田「女が経済的自立をしようと思っても結婚退職が前提だったから、まず職種も限られていたし、男女平等賃金でなく、その基盤がなかった。またそれを受け入れる社会の雰囲気もなかった」

三木「それ、ものすごく大事なことよ。私らまず社会通念を変える革命から始めなきゃならなかった。それは自分の生きかたを変えることだった。結婚退職（制）がなくなると、今度は出産退職（制）」

そういう退職は退職金がいいから女はノセられていく。私もノッテしまった。

三木「それを何とか変えてきたはずが、いままた専業主婦願望が増えてきたらしい」

和田「それは女性の労働現場が非常にきつくなってきたからだと思う。働き手が少ないって海外の労働者を安く入れて、国内の女性労働者を追い出しているわけ」

三木「性差別と人種差別を基盤として日本の経済を成り立たせようとしている。だからいま女性の地位が１４４カ国中、１１４位※で、毎年転落している。したがって女性解放運動も何かをやり残したというよりも、達成できてないことがいっぱいある」

※男女平等の度合いを指数化した２０１７年の「ジェンダー・ギャップ指数」によると、順位は過去最低。

働く女は家族に迷惑をかけるな

狂乱の80年代を振り返ってもらった。

三木「私がつくづく思ったのは、とくに80年代。狂乱の時代だったし、バブルの時代よね。社会変革を求める若い人たちは、大企業に就職するのは資本主義に加担することになるからと、女も男もパートでいくというのがにやったのよ。バブルでカネ、カネ崇拝の価値観だったから、パートしてても男は十分な収入があり、当時はクリスマスイブに豪華ホテルで彼女と泊まるというのがはやった」

和田「あったわね。ミツグくんとかアッシーくんとか」

三木「女自身はミツグくんにもアッシーくんにもならない。やっぱり男から何かしてもらう立場で、自立してない。80年代は「女の時代」といわれたけれど、パートの女と、もう一方は男女雇用機会均等法の女世代、この両極端に分断され、働く者の基盤づくりが女の立場でできそこなった80年代だと思う」

私が47歳で離婚して斑鳩から帰京したときもパートしかなかった。スズキ自動車の練馬出張所に1時間400円で雇われたとき、上野の労働基準監督所へ行って東京都の最低労賃はいくらだって聞いたら、463円だと言う。

私は400円だと伝えると、その係のオジサン、何て言ったか。「ダメじゃないか、もっと早く来ないと」だと。彼は翌日会社にやって来て、すぐ463円になった！　給料日に差額をくれたが、私は入社してからの1カ月分。他のパートは2年に遡っての差額をもらって、何よ、コレだと。アホらしくて会社辞めた。

三木「ともあれ女の地位が少しずつ変わってきた。どう変わったかと言うと、男が女を受け入れても大丈夫という部分だけ変わった。男社会の領分が侵されない部分はOKなのよ」

和田「女は働いても家事・育児の役割はしっかりやれ、よね。男のほうの残業は減らさない。定時に帰ったら恥だという男の不文律がある」

で、女は可愛く媚びる。〝主人〟に配偶者控除の壁を越えるような、迷惑をかけないように働いている、ときたもんだ。

三木「それでも20世紀の成果が21世紀に現れると思ったら、20世紀に積み上げてきたものが21世紀に一挙に崩れてしまった」

和田「創り上げるのは大変だったのに、崩れるのはアッという間だった。労働組合も少なくなったし…」

三木「それよ、それ。それでね、アベが給料を上げてくれって企業に言ってるの（笑）。内部留保を賃金に回さないから企業倫理も低下してる。それがいま露骨に現れているのが東芝とか神戸製鋼とか、いろいろと出てきた不正問題」
和田「大企業のウミがとうとう出てきた。大企業はひどいことをやってきたもの」
三木「でも女性の側はどんどん変わってきた。いろいろ資格を取ったり、それまで女の分野じゃないと思われていた活動分野へ、ほんとにいたるところに女性がいる。ひとりでもね」
和田「そう、ひとりでもね。だけどもそれを受け入れる男社会の環境づくりは遅々として進まない」

男の最後の砦は性の支配

何の証拠もないけれど、私は80歳になって髭も髪も白いジジイに性的な侮辱を受けた。某クリニックへ施設入所のための健診を受けに行くと、上着を脱いで診察台にネロと言い、いきなり両手でオッパイを前後にゴシゴシやりやがった。

診察かもしれないと抗弁できなかったが、「乳ガンはないようだな」とシャアシャアとぬかした。私は納得できずに誰彼なしに状況を伝えた。この件は前作にも書いたのだが、ハリウッドのセクハラ告発前だったので再び記すことをお許しいただきたい。

まず熱海医師会に訴えると、再三催促して1カ月後、事務員から「先生はやってないと言いました。ナース2人が証人です」と。予想通りだ。だがセクハラは常習犯が多い。施設内で聞くと、「＃Ｍｅ　Ｔｏｏ」がふたりいた。絶対ナイショにしてくれと懇願されたが。怒りと共に共感してくれたのはほんの数人。施設のナースは「そんなことで乳ガンは絶対分からない」と言ってくれた。性の問題での反応はキリシタンの踏み絵と同じく試される。

和田「性的被害の痛みは強姦されたのでなくとも、長い間引きずる独特の痛みがあることを認識しなければいけないと思う」

三木「オッパイを触られたのでも肩を触られたのと違って、性器を承諾なしに犯されることは一生残る屈辱なのよ。だから従軍慰安婦問題だって、慰安婦の少女像を建てても金銭もらっても決して消えない苦痛だということを想像してほしい」

性被害の問題は特に医師会だけでなく、男同士が互いに守りあっている。それは男のコケンにかかわる最後の砦だからだろう。

三木「男は性的な部分で女を抑えていると思っているし、実際そうでしょう。出産のこともそうだし……」

和田「結婚だって性を支配することだし、堕胎罪もいまだに生きている」

三木「いまだに離婚後１００日間の再婚禁止令をやってるのよ。男のほうは離婚した翌日に結婚できる。恋人の子どもを妊娠してもその子は前の夫の子どもに認定される。この間最高裁でそれは合理的な判断であると言われたのよ」

そんなバカな！　私たちはいったい何時代に生きているんだ？

和田「だから女の性を支配することは絶対手ばなさないわね。ひとつはセクハラで支配するでしょ。ひとつは法律で女のからだを支配。ひとつはネットで暴力的な支配。それでコントロールしきれなくなったとき、ＤＶが起こる」

三木「（前出の）三井マリ子さんもセクハラで社会党議員を辞めた。彼女はそれで記者会見したでしょう。三井さんてキビキビしていてとても魅力的な人だから、男どもにお尻を触られ続けたって」

これじゃあクリントン元大統領のことを批判できないじゃないか。国会なんて男ばかり。女の大臣がたったひとりとは語るにおちる。男女平等の憲法が泣くぞ。あ、だから、憲法が現状に合わなくなったから、憲法改正をするんだとはりきっていらっしゃるのね。

私が性的被害の問題にこだわるのは、それが女性差別の本質を内包しているからだ。男女を問わず口当たりよく人間らしさを語る人であっても、性的被害となると顔をしかめ拒絶する人が多い。もちろん性被害は女性に起こりうるだけでなく、男性も同じ危険があるけれど。

私もこれから50年という歳月に熱海のセクハラ被害の証人を集め、怒りの熟成をしつつ世界のシスターフッドと連携していこう。

ン？　そのときまで私もジジイも生きていられるか、ナ？

老人パワーで社会を変える

さて、日本をはじめ世界のあちこちで右傾化が進み、ドーンと暗い21世紀だが、そういう社会につきあって落ちこんでなんかいられない。まずはふたりの「Ｇｏｉｎｇ　婆あ　ｗａｙ」について伺おう。

三木「私はシニア女性映画祭を7年前から始めた。前は2年に1回大がかりでやったんだけど、シニアになったら来年生きているかどうか分からない。２年に1回だったら準備しているうちにあの世へ行っちゃうかもしれないから（笑）、毎年やろうよとなったのよ。

それから私も含めて直面しているのはまず体力の問題。同時に思考力、記憶力もやけど、60代とは全然違う自分というものを発見していくわね。それらの老化現象をいちいち大げさに受け取らないことが大事やと思うの。あ、来たな、ぐらいに（笑）。でも自立するために脳トレとか筋トレとか、維持・改善できることはやったほうがいいわよね」

和田「老いの自立とは若いころの経済的自立だけじゃなくて、生活的な自立が重要だと思う。だからポカやってもあまりショックを受けないように、今度からメモしておこうとか、誰もがやってる〝傾向と対策〟で自衛していくしかないと思う。メモのノートがいっぱいあって、どこに書いたか分からないメモやけど（笑）」

三木「それでいいんじゃないの。それで生きていけないわけじゃなし。大事なことは友だち同士が互いの変化を受け容れていくことが、シニアの人間関係になっていくんじゃない？」

和田「世代が違うと分かりあえない問題も出てくるから、トシがいくほど同世代の心地よさが大切になってくるわね」

三木「私はシニア女性映画祭で、シニア監督がつくった映画か、シニアが主人公の映画を上映し続けて、老人文化を広げていきたい。ひとつはシニアがサプリメントとしわ伸ばしと健康グッズだけの消費の対象にされているけれど、それらは若さが基準になっている。それではダメで、老人の時代の老人を基準にした文化——シニア女性が何を考えているか、どういうふうに健康であったらいいか、どういう生きかたをしているかなど——を創らないと、目に見えないわけでしょう。

映画も若いころの恋愛やセックスはもう十分なので、次の段階にすすまないとあかん。老人の恋愛やセックス観はやはり違うものがあるはずだから」

和田「これからどんどん年寄りが増える、といかにも迷惑そうに言うじゃない？　知識と経験が豊かな人口が増えるんだから、すばらしいことなのに何が迷惑なのよ。まだ働ける人も大勢いる。税金だって天引きされてまで払っている。

行政にとって年寄りは面倒をみる対象でしかないのね。で、カネがかかる存在だと」

三木「カネがかかると言うけれど、これまで十分に税金を払ってきた。100歳の母が一度も介護を受けたこともないのに、わずかばかりの国民年金から介護保険料を天引きされている通帳を見たときは、涙が出た。残金では食費もまかなえない。国は戦前戦後の苦しい時代を生きぬいてきた、貧しい母のような老人には保険料を免除すべきなのに、わずかな年金さえ100歳の老人からまき上げる、この国のやりかたに残酷さを痛感したわ。

そのうえ年金まで下げといて、軍事費は上げてる。軍備にカネがかかるとは言わない。私らの基本的な生活は食べて寝てつましく暮らす、その基本すらカバーできないような年金。老人は死ね、という政策を取っているわけよ」

和田「年寄りのホロコーストがもう始まっている」

三木「若い人は売り手市場というけれど、限られた層だけ。40代の男女までも非正規で低賃金の不安定雇用がほとんどでしょ」

和田「だから結婚できない、つまり自立できないから親がかり。親の年金で食べている」

三木「親も年金が削られているから多くの家庭が貧困状態。この状態に対して、若い人は選挙で〝いまのままでいい〟って(笑)。でも将来は不安だと言う」

和田「希望が持てない社会だからこそ、老人がもっと発言力を持って老人パワーを社会に発揮していかなければ、もうどうにもならないところへ来ていると思う」

現状を見つめるほどに、〝婆力《ばりき》〟をかけて闘っていこうと身がしきしまる。それぞれがそれぞれの生活の場で自分のために闘い、自分と闘う。特に私の一番のテキはアベでもトランプでもなく、惰眠をむさぼろうとする老いた私自身だ。サンフランシスコの空に響き渡った抵抗の声を思い浮かべながら、〝女から女たちへ、そして男たちへ〟、国境を超えて希望を語りあえる夢を抱き、闘い続けていこう。

それでこそ「Ｇｏｉｎｇ　婆あ　ｗａｙ」だ！

エピローグ　「アジト」ができた

本書に登場願った山下洋子さんの息子さんは、パートナーと共同経営でコンピューター専業のオフィスを各地に持っている。

そのひとつ、熱海・来の宮駅近くのビルの1室を、「話しかた・書きかた講座」に貸してくださることになった。小ぢんまりしたきれいなオフィスは夢のようで、「アジト」ができたとはしゃいでしまう。

おまけに道路を挟んだ正面には熱海警察署がデンと控え、「美婆」の集まりにとって何かと心強い。熱海駅から1つ目が来の宮なので、遠方からの受講生にも便利になった。

タナボタのような教室もうれしいけれど、美婆たちが私に寄せてくれる信頼の厚さは、私のいままでの人間関係になかったホットなものである。恐縮して身の置き場もないシーンがときどきあって、密かに頬をつねったりして。

思うに、「世界から隔離されたような」熱海ムラの、恵まれた環境で育った主婦たちは、よくも悪くも純朴な人柄なのだろう。都会で高等教育を受けても悪さに汚染されることなく、老いて初めて私のような〝珍獣〟に会った。

既述したように、私のフェミニズムは厳しく容赦のない内容だ。が、真面目に咀嚼《そしゃく》し、自分のものに消化していく感動を隠さない美婆たちがいる。私が斑鳩の里から大阪の「フリーク」に通った熱っぽさがそこにあった。

アイデンティティの確立は自他への闘い抜きにはあり得ない。自分と対決し、世の中の矛盾と闘い出そうとする美婆らが待つ日本に、私も初めて早く帰りたいと思った。彼女らを想うと、脳内から幸せホルモンが噴出するかのよう……。

もうひとつ、感涙を隠せなかった報告で本書を終わりたい。娘はいまバークレーの公立保育園（3・4・5歳）（普通児と障がい児が通う）で補助教員をしている。直属の上司がすばらしい先生で憧れていた娘。その先生が、マーティン・ルーサー・キング牧師の記念日前に園児たちにプラカードの書きかたを教え、校庭でデモの方法を教えたんだそうな。

娘が曰く、

「そうよね。デモだって学校でやりかたを教えないと、本番でメチャクチャに暴れる若者がいるでしょう。子どもたちがプラカードを掲げて歩く姿がとても可愛くて涙が溢れた」

他の先生たちは好意的に見物し、デモ先生もクビになどならなかった。デモをマーチと称するのもそれゆえか。表現の自由のひとつを園児に教えたにすぎず、親の抗議もなかったと。

日本では以前、九州の教師が君が代をジャズで演奏してクビになったが、アメリカの自由の女神の前で、国歌にのせて高齢の女優・シャーリー・マクレーンが太モモ出して踊ったっけ。君が代だってジャズで踊りたいよね。何がいけないのか私には全然分からない。

テレビの「外国人が見た日本の不思議」といった番組で若い旅行者は言った。「日本人はどうして政治の話をしないの？」だって。ホント、おかしい。主権在民なのに。

さて、太平洋戦争の過酷な時代を体験し、戦後の平和憲法・民主主義・男女平等の〝洗礼〟を受け、生き抜いてきた女たち男たちの足跡を辿った。そしていま超高齢社会で人間らしく老い人生を終わるために、闘い続けるバーサンズとジーサンズ、闘い出そうと身じろぎを始めたバーサンズたち。

われら「地球人」、未来に向かって顔を上げ背中を伸ばし、大地を踏みしめて〝Ｇｏｉｎｇ〟あるのみだ。老いを嘆いてなんかいられない。

最後になりましたが、私の取材依頼に快く応じてくださった「ラリ色」の友人たち、協力してくれた私の家族をはじめ、スタッフとして私を支えてくれた山下さん、古屋さん、「書きかた・話しかた講座」の仲間たち、関西オピニオン・リーダーの三木草子さんと和田明子さん、そして静岡新聞社編集局の庄田達哉出版部長、読者の皆様がたへ、心からお礼を申し上げます。

２０１９年新春　門野晴子

門野　晴子（かどの・はるこ）

1937年生まれ。ノンフィクション作家。80年から学校教育と子どもの問題、91年から老親介護と高齢者福祉の問題で執筆・講演活動。最近は孫の発達障がいについての著述に携わる。

主な著書に『老いて、住む』『星の国から孫ふたり』（以上、岩波書店）、『サバイバルおばあさん』『ワガババ介護日誌』（以上、海竜社）、『寝たきり婆あ猛語録』『介護保険・不幸のカラクリ』ほか（以上、講談社）、『老親の介護で力尽きる前に』『愛するもののために』ほか（以上、学陽書房）、『性教育Q＆A』（朝日新聞社）、『少年は死んだ』（毎日新聞社）、『老親を棄てられますか』（主婦の友社）、『おばあちゃんの孫育ち』（小学館）、『どうして年寄りはカモられる？』（静岡新聞社）その他多数。

Going《ゴーイング》 婆《ばば》あ way《ウェイ》

昭和を生きた女たち

発行日…………2019年3月22日 初版第1刷

著　者…………門野晴子
発行者…………大石　剛
発行所…………株式会社静岡新聞社
〒422－8033 静岡県静岡市駿河区登呂3－1－1
電話　054-284-1666
印刷所…………図書印刷株式会社

ISBN978-4-7838-2260-8 C0036